이 유목민들은 도시 일대에서 음식과 피난처를 구하겠다는 희망으로 사막을 건너왔을 것이다.
말리 파기빈 호수 지역, 1985년. ©Sebastião Salgado

AUTRES AMÉRIQUES
다른 아메리카들

주아제이루 두 노르치 마을의 첫 영성체. 브라질 세아라 주, 1981년. ©Sebastião Salgado

AUTRES AMÉRIQUES
다른 아메리카들

풍작을 감사하며 미헤족의 키오가Kioga 신께 바치는 기도.
신은 한 해를 또 살게 해달라는 기도를 듣는다. 멕시코 와하카 주, 1980년. ©Sebastião Salgado

LA MAIN DE L'HOMME
인간의 손

마을 플랜테이션에서의 차 수확. 르완다, 1991년. ©Sebastião Salgado

LA MAIN DE L'HOMME
인간의 손

세하 펠라다 금광. 브라질 파라 주, 1986년. ©Sebastião Salgado

EXODES
엑소더스

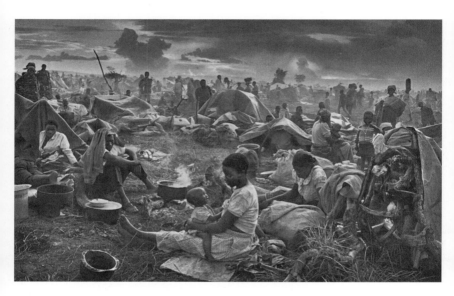

베나코의 르완다 난민 수용소, 탄자니아, 1994년. ©Sebastião Salgado

남자들은 도시로 떠났고 여자들만 침보테 시장으로 물건을 내다팔러간다.
에콰도르 침보라소 지역, 1998년. ⓒSebastião Salgado

INSTITUTO TERRA
인스치투투 테하

인스치투투 테하의 2001년 전경과 2013년 전경.
브라질 미나스 제라이스 주 아이모리스 의 부우캉 농원 Fazenda Bulcão ©Sebastião Salgado

GENESIS
제네시스

네네츠족은 여자가 가장 크고 무거운 썰매를 몬다. 남자들은 아침마다 순록들을
한데 모아 끌고 다니기 위해서 좀 더 가볍고 빠른 썰매를 이용한다.

러시아 시베리아 지역 야말 반도, 2011년. ©Sebastião Salgado

GENESIS
제네시스

랄리벨라와 마키나 리데타 마르얌 사이의 골짜기. 에티오피아, 2008년. ©Sebastião Salgado

토와리 이피 마을의 조에 족 여자들은
우루쿰 혹은 루쿠라고 부르는 붉은 열매Bixa orellana를 이용하여
몸을 물들이는 습속이 있다. 이 열매는 음식을 만드는 데에도 쓰인다.
브라질 파라 주, 2009년. ©Sebastião Salgado

인스치투투 테하에서의 렐리아와 세바스치앙 살가두.
브라질 미나스 제라이스 주 아이모리스의 부우캉 농원. ©Ricardo Beliel

세바스치앙 살가두,
나의 땅에서 온 지구로

이 도서의 국립중앙도서관 출판시도서목록(CIP)은 서지정보유통지원시스템 홈페이지(http://seoji.nl.go.
kr)와 국가자료공동목록시스템(http://www.nl.go.kr/kolisnet)에서 이용하실 수 있습니다.
(CIP제어번호: CIP2014012378)

세바스치앙 살가두
Sebastião Salgado
살가두,
나의 땅에서 온 지구로

세바스치앙 살가두, 이자벨 프랑크 지음
이세진 옮김

솔빛길

"맑은 우물에 눈을 져다 메우는 것처럼 공부하라."라는 말이
있다.

20세기 최고의 다큐멘터리 사진가로 불리는 세바스치앙 살
가두! 그의 나이 칠십에 드디어 자전적 고백서가 발간되었다.
이 책을 읽으면서, 그동안 발표된 사진 작품으로 어렴풋이 알고
지내던 대가의 작업 태도가 바로 이런 것 아니었을까 하는 생각
이 들었다.

아프리카는 물론 지구촌 곳곳의 기아와 빈곤 그리고 노동 현
장에 대한 살가두의 르포르타주들은 기록 이상의 숭고한 의미
를 지니고 있다. 그는 이 사진 작업을 통해 노동자와 빈민들의
삶과 인류애라는 존엄한 가치를 보여주고 있다. 그리고 마침내
지구 곳곳에 마지막으로 남아 신음하고 있는 원시 자연과 진화
적 종 보존 생명체를 기록하는 '제네시스' 프로젝트를 통해 인
간이라는 종의 기원을 찾아가고 있다. 갈라파고스의 이사벨라

섬에서 만난 자이언트거북 앞에서 사진을 먼저 찍기보다는 하루 종일 손바닥과 무릎으로 땅을 짚고 납작하게 엎드려 스스로 거북이 되어 기다리는 살가두는 이렇게 이야기한다. "사진으로 이야기하는 방법은 단 하나, 같은 장소에 여러 번 가보는 것뿐이다. (……) 설사 피사체가 동물이라 해도 존중하고 불편해하지 않게 다가가 (……) 오랜 시간 버티고, 레이아웃을 잡고, 빛을 철저하게 파헤치는 작업이 정말 좋다."

미묘하게 명암을 달리하는 회색으로 표현된 인물의 치밀함과 그들의 태도와 눈빛을 담아낸 살가두의 흑백 사진들. 인간 집단 공동체와 영성을 표현한 이 사진들은 보는 이들의 가슴을 파고들어 무의식적으로 채색하고 동화되게 하는 대서사적 힘을 갖고 있다. 자신의 사진 작업을 통해 세상을 바꾸고, 세상을 살리는 일을 하고 있는 살가두의 진실한 고백을 읽으니 "사람의 삶이 드리우지 않은 사진은 사람의 시간을 담을 수 없다."라는 말이 떠오른다. 소설가 이청준이 자신의 작품 「시간時間의 문門」에 썼던 말이다. 그의 사진처럼 마치 검은 구름 사이를 뚫고 비치는 한 줄기 빛을 닮은 이 귀한 살가두의 고백을 독자들과 함께 나눌 수 있게 되어 참 기쁘다.

21세기를 대표할 사진가의 꿈을 갖고 살아가는 미래 세대에게 팁Tip을 단 하나밖에 줄 수 없다면 나는 이 책을 권하고 싶다.

강재훈 사진가

들어가는 말

세바스치앙 살가두의 사진을 본다는 것은 인간의 존엄을 경험하는 것이다. 한 여자, 한 남자, 한 아이가 어떤 의미인지 이해하는 것이다. 그건 아마 세바스치앙 자신이 카메라에 담는 사람들에게 깊은 애정을 품기 때문이리라. 그들이 사진 속에서 그토록 생동감 넘치고 당당하게 살아 숨 쉬며 존재감을 발산하는 이유를 달리 어떻게 설명하랴? 사진을 보는 사람이 느끼는 형제애는 또 어떻게 설명하랴? 아주 오래전부터 그의 작업은 내 마음을 흔들어놓았다. 그의 사진의 바로크적인 미학, 언제나 범상치 않은 빛, 작품이 뿜어내는 힘이 좋다. 하지만 나 자신을 최선의 나로 이끄는 따뜻한 정이 풍기기 때문에 그의 작품이 좋기도 하다.

살다 보니 우연히 세바스치앙과 그의 아내 렐리아를 만날 기회가 있었다. 나는 그 두 사람에게 매료되었다. 세바스치앙의 국제적인 명성 뒤에 보기 드물게 화목한 부부 관계가 있었기 때문이다. 각자 자기 역할, 자기 자리를 감당하되 서로 상대에게 무엇을 고마워해야 하는지 너무 잘 아는, 그런 사랑과 일 이야기가 있었다. 그들은 함께 가정을 꾸렸고, 자기들의 회사 아마조나스 이미지스Amazonas Images를 설립했으며, 브라질의 대서양 연안에 숲을 조성하는 환경 프로젝트 인스치투투 테하Instituto Terra를 추진했다.

세바스치앙의 사진이 전 세계에 알려진 반면, 우리는 그의 개인사, 그가 사진가로서 사회에 참여하게 된 정치적·윤리적·실존적 뿌리들을 잘 모르고 있다는 생각이 들었다. 나는 이 오류를 바로잡고 싶었고, 기자로서 나의 펜을 통해 세바스치앙의 목소리를 들려주고 싶었다. 세바스치앙은 '제네시스Genesis' 프로젝트—지구 곳곳의 자연이 보존된 장소들에 대한 르포르타주 사진전—를 발표하기 전날에, 고맙게도 나의 제안을 받아들였다. 비행기를 밥 먹듯 타고, 그 많은 르포르타주 작업을 하고, 두 권의 근사한 책*을 준비하고, 세계 곳곳에서 사진전을 여는 와

• 『제네시스Genesis』, 타센Taschen, 2013.('포Fo' 총서와 '수모Sumo' 총서로 각각 한 권씩 나와 있다.) -저자 주

중에도 그는 시간을 내주었다. 상대를 무장 해제시키는 친절하고 소탈한 태도로 그는 내 앞에서 자신이 걸어온 길을 회고했다. 자신의 신념을 드러냈고, 자신의 감정을 고스란히 전해주었다. 나는 그의 이야기를 들으면서 참 즐거웠다. 지금 나는 이야기꾼으로서의 그의 재능을 나눠 갖고 싶은 심정이다. 투쟁 정신과 직업 정신, 재능과 너그러운 마음을 겸비한 한 인간의 진정성을 말이다.

이자벨 프랑크

차례

추천의 글 강재훈 • 4　　들어가는 말 이자벨 프랑크 • 6

시작하면서―'제네시스' • 13

나의 고향 • 23

다른 곳 아닌 프랑스에서 • 37

카메라의 셔터 음 • 45

아프리카, 나의 또 하나의 브라질 • 50

젊은 투사, 젊은 사진가 • 57

사진, 내가 살아가는 방식 • 68

'다른 아메리카들' • 75

절망에 빠진 세계의 이미지들 • 81

매그넘에서 아마조나스 이미지스로 • 88

'인간의 손' • 95

광산 세계 • 106

'엑소더스' • 115

모잠비크 대장정 • 123

르완다 • 129

죽음을 마주하다 • 138

오! 인스치투투 테하, 유토피아의 실현 • 142

처음으로 돌아가 • 152

'제네시스'와 인간 • 159

기원에 대한 존중 • 166

나의 디지털 혁명 • 177

사바 여왕의 자취를 따라 • 185

흑백 세상 • 193

네네츠 족과 함께 • 197

나의 가족 • 206

끝맺으면서 • 217   세바스치앙 살가두 수상 경력 • 224

시작하면서
– '제네시스'

　기다리기를 싫어하는 사람은 사진가가 될 수 없다. 한번은
갈라파고스 제도의 이사벨라 섬에 있는 알세도라는 아주 아
름다운 화산 근처에 갔었다. 그때가 2004년이었다. 족히
200킬로그램이 되는 어마어마한 자이언트거북 한 마리가
보였다. 이 섬에 갈라파고스*라는 이름을 붙이게 한, 바로
그 거북이었다. 자이언트거북은 내가 다가가려 할 때마다
도망갔다. 움직임이 그렇게 빠르진 않았지만 내가 사진에
담기엔 역부족이었다. 그때 곰곰이 생각해봤다. 그동안 인
물을 촬영하면서 '신분을 감추고' 무리 속에 슬쩍 끼어드는
법 없이, 반드시 절차를 밟고 합류했다는 데 생각이 미쳤다.

• 스페인어로 'galápago'는 '바다거북'이라는 뜻 – 역자 주

나는 늘 그 사람들에게 내 소개를 하고, 취지를 설명하고, 함께 의논하고, 그렇게 서로를 차츰 알아갔다. 자이언트거북도 사진에 담아내려면 녀석과 내가 서로 안면을 익히는 방법밖에 없겠구나 싶었다. 그러자면 내가 녀석의 장단에 맞춰야 했다. 그래서 나는 거북이 되었다. 손바닥과 무릎으로 땅을 짚고 납작하게 엎드려 거북과 눈높이를 맞추어 기어보았다. 그러자 거북은 더 이상 도망가지 않았다. 거북이 멈추자 나는 뒷걸음질을 쳤다. 거북이 되레 나한테 다가오고 나는 후퇴했다. 잠시 기다렸다가 아주 조금, 슬쩍 다가갔다. 거북이 한 발짝 더 다가왔고 나는 또 몇 발짝 뒤로 물러섰다. 그러자 거북은 내 앞으로 쪼르르 다가왔고 내가 아무리 빤히 바라봐도 태연하기만 했다. 그때부터 비로소 사진을 찍을 수 있었다. 거북이 그렇게 다가오기까지 그날 하루가 꼬박 걸렸다. 내가 녀석의 영토를 존중한다는 점을 이해시키는 데 하루가 걸린 것이다.

 내 인생의 몇몇 작품들이 우리 시대와 우리 세계의 변화를 이야기한다는 것을 깨달았다. 그러한 작품 하나가 나오기까지 매번 몇 년을 쏟아부었다. 사진가는 '이미지 사냥꾼'이라고 말하는 사람들이 있다. 실제로 우리는 사냥꾼과 비슷한 데가 있다. 사냥꾼은 사냥감이 제 소굴에서 튀어나오기를 목 빼고 기다리며 오랜 시간 동정을 살피지 않는가. 사진을 찍을 때도 마찬가지다. 앞으로 일어날 일은 끈기 있게 기다려야만 한다. 뭔가는 반드시 일어나게 되어 있으니까. 대부분의 경우, 그 일을 앞당길 도리는 없다. 그러니 우리가 기다림에 재미를 붙여야 한다.

'제네시스' 이전에는 인물 사진밖에 찍지 않았다. 지구 상에 남아 있는 자연을 찍는다는 이 프로젝트를 위해서 전 세계를 누비고 다닌 8년 동안, 나는 인간 아닌 다른 종을 찍는 법을 배워야 했다. 첫 번째 르포르타주 초반 작업부터, 자이언트거북 녀석 덕분에 동물을 찍으려면 그 동물을 사랑해야 한다는 것을, 그 동물의 모양새와 아름다움을 즐거이 바라볼 수 있어야 한다는 것을 알았다. 동물을 존중하고, 동물의 공간을 지켜주고, 동물이 불편해하지 않게끔 다가가고 구경하고 사진 찍어야 한다. 그걸 깨닫고서부터 나는 동물들을 찍을 때에도 사람들과 작업할 때처럼 한다.

'제네시스' 시리즈를 시작하면서 나는 다윈의 족적을 따라가고 싶었다. 『비글 호 항해기The Voyage of the Beagle』는 전에 읽어봤다. 나는 갈라파고스에서 3개월을 지냈다. 다윈도 세계를 돌아본 후에 갈라파고스에 이르렀고, 그곳에서 진화론의 결론을 내렸다. 48개의 섬과 암초로 이루어진 이 제도는 일종의 세계 종합본이다. 거의 1000킬로미터나 떨어져 있는 남아메리카 대륙에서 온 거북들이라든가, 다양한 종들을 그곳에서 볼 수 있다. 아마 그 거북들은 폭우에 뿌리 뽑힌 나무 따위를 타고 태평양을 표류하다가 갈라파고스에 상륙했을 것이다. 그런 거북들만 해도 11종인데, 갈라파고스 제도 안에서도 종에 따라 어떤 섬에는 살고 어떤 섬에는 살지 않는다. 거북들은 섬에 따라 서로 다른 방식으로 진화했다. 어떤 섬에 사는 거북들은 등딱지가 완전히 평평하다. 어쩌면 수백 년 동안 뭔가에 눌려서 그렇게 됐는지도 모른다. 반면, 어느 곳에서는 거북들의 등딱지가 불룩하니 솟아 있다. 목 길이가 20센티미터쯤 되는 거북들도 봤고, 목 길이가 거의 1미터는 될 것 같은 다른 거북들도 봤다. 거북들은 서식지의 비옥하거나 척박한 정도에 따라서 서로 다른 높이의 나뭇잎을 따먹고 살아야 했을 것이다. 하지만 그 거북들은 목 길이가 그렇게 다른데도 같은 종에 속한다.

다윈이 그랬듯, 나도 이구아나들을 보았다. 남아메리카에서 이구아나는 육상 동물이다. 그런데 갈라파고스의 이구아나들은 헤엄을 치고 잠수도 한다. 다윈은 이구아나가 헤엄을 치게 된 이유는 척박한 환경 때문일 것이라고 생각했다. 하지만 이구아나는 변온 동물이다. 그래서 너무 추운 곳에 오래 있으면 체온이 떨어져 죽고 만다. 처음에는 물을 마시러 바다에 뛰어들었다가 죽은 이구아나들도 꽤 많았을 것이다. 그러다 차츰 물에서 웬만큼 시간을 보낸 후에는 밖에 나와 따뜻한 햇볕을 쬐며 체온을 다시 끌어올리는 요령을 배웠을 것이다. 바닷물을 마시는 법, 코 위의 작은 샘을 통해 바닷물의 소금기를 뱉어내는 법도 배웠으리라. 다윈은 이 모든 것을 보았고, 나 또한 보았다. 그리고 내가 보았던 거북들 가운데 '고참급' 몇몇은 다윈이 보았던 바로 그 거북들일 거라 믿는다. 이 거북들은 200년도 너끈히 사니까 말이다.

그 여행에서 배운 한 가지가 '제네시스' 프로젝트 전체에 크게 힘을 불어넣었다. 나는 내가 평생 거짓말을 듣고 살았구나 싶었다. 오직 인간만이 합리적인 동물이라는 거짓말 말이다. 하지만 모든 종은 그 나름의 합리성을 지닌다. 시간을 충분히 들여 다른 종들의 합리성을 이해하는 것이 무엇보다 중요하다. 갈라파고스 제도의 동물들은 인간에게 쫓기고 포획당한 적이 없어서 그런지, 대부분 두려움을 몰랐다. 그들은 경계심을 품을 이유가 없었으니까. 반면, 거북들은 18~19세기에 뱃사람들에게 사냥당했던 기억을 간직하고 있었다. 당시, 신세계를 찾아가거나 유럽으로 돌아가던 뱃사람들은 이 제도에 잠시 들르곤 했다. 거북은 몇 달 동안 먹거나 마시지 않고도 살 수 있는 동물이기에, 뱃사람들은 거북을 잔뜩 잡아 산 채로 배에 실었다가 그때그때 잡아서 신선한 고기 맛을 즐겼다. 그로부터 두 세기가 흐른 지금까지도 거북들은 인간의 접근을 매우 꺼린다. 내가 사진 찍은 그 거북이 날 받아들이는 데 꼬박 하루가 걸렸던 것도 우연이 아니다. 거북이 자꾸 도망가려 했던 것은 결코 비합리적인 태도가 아니다. 오히려 거북도 그 나름대로 깊이 생각하고 조심스럽게 행동한다는 증거다. 동물들은 포식자의 위험에 대한 경계를 유전자를 통해 여러 세대로 전달해왔다. 그리고 이 자이언트거북의 유일한 포식자가 바로 인간이다. 매나 그 밖의 맹금류가 가끔 새끼거북을 낚아채 잡아먹는 일은 있어도, 성년에 이른 거북은 그럴 위험이 없다.

북방가넷도 자기 나름대로 우리 생각보다 훨씬 더 치밀하게 행동한다. 하루는 이사벨라 섬의 빈센트 로카 곶에서 북방가넷들의 짝짓기를 관찰했다. 그 규모는 어마어마했다! 나는 북방가넷 서식지에서 2, 3일을 지내며 이 새들을 지켜보았다. 짝짓기의 결정권은 암컷이 쥐고 있었다. 수컷 네다섯 마리가 암컷에게 오더니 한 마리씩 날개를 쫙 펼치고 춤을 추어 보였다. 암컷이 그중 한 마리를 따라가려고 하면 수컷들이 모두 다 함께 날아올라 10~15분쯤 비행을 하고 다시 땅에 내려온다. 그다음에 다시 수컷 한 마리가 와서 날개를 펼치고 암컷은 그놈과 함께 날아간다. 이 짓이 두 시간쯤 반복되면 드디어 암컷이 자신의 총애를 받을 상대를 간택한다. 암컷은 오직 이렇게 선택한 수컷하고만 한 철을 함께 보내며 오직 그 수컷하고만 몸을 섞고 자손을 본다.

신천옹의 발정기는 북방가넷의 발정기와 시기가 다르다.

내가 도착했을 때는 새끼 신천옹들이 막바지 비행 연습에 몰두할 때였다. 신천옹은 하늘을 나는 모습이 근사하지만 처음에 도약하는 것도, 나중에 땅에 내려오는 것도 힘들어 하는 새다. 그래서 이 새들에게는 활주로가 필요하다. 달리고, 또 달리고…… 그렇게 달음질을 하고도 가끔은 하늘로 날아오르는 데 실패한다. 그 모습은 또 얼마나 우스꽝스러운지! 하지만 나는 신천옹들의 철저한 정조 관념에 몹시 놀랐다. 신천옹 수컷은 평생 한 마리의 암컷하고만 짝을 짓는다. 하루는 수컷이 암컷 앞에서 춤을 추는 광경을 보았다. 수컷은 뱅뱅 돌고, 또 돌고, 날개를 활짝 펼쳐 보였다. 그러자 암컷도 뱅뱅 돌기 시작했다. 그들이 서로 날개 끄트머리와 부리를 건드려보는가 싶더니, 수컷이 갑자기 휙 돌아가버렸다. 가이드가 나에게 설명해주었다. "착각했다는 걸 안 거예요. 자기 짝이 아닌 거죠!" 충분히 시간을 들여 동물을 관찰하다 보면 언뜻 보기엔 믿을 수 없는 이런 유의 일들을 접하게 된다. 이것이 갈라파고스 제도에서 '제네시스'의 첫발을 떼면서 내가 발견한 바요, 이 르포르타주 작업을 하면서 끊임없이 실험해왔던 바이다. 이제 동물이 두뇌도 없고 논리도 없는 족속이라는 말이 더는 들리지 않았으면 좋겠다.

이건 동물학자나 저널리스트로서가 아니라 순전히 나 좋자고 벌인 작업이었다. 지구를 밝히 드러내고 싶어서 한 일이었다. 그 일에서 한량없는 기쁨을 얻었다. 우리의 지구는 거기 사는 광물, 식물, 동물과 더불어 모든 면에서 살아 있다. 그렇기 때문에 우리 인간이 지구를 지극히 존중해야 한다는 의식도 갖게 되었다.

'제네시스'는 브라질에서 나의 아내, 나의 동반자, 내 인생 전부에 있어서의 조력자 렐리아 델루이스 와닉 살가두Lélia Deluiz Wanick Salgado와 내가 함께 수립한 환경 프로젝트의 일환으로 탄생했다. '인스치투투 테하'라고 명명한 이 프로젝트는 마타 아틀란티카mata atlantica, 즉 대서양 삼림 지역의 복원을 목표로 한다.* 1500년에 포르투갈 인들이 상륙한 이후로 집약적 농업, 도시화, 그리고 결국은 산업화까지 가세한 탓에 이 산림은 점점 더 급속히 파괴되기만 했다. 현재 대

---

* 브라질에는 두 종류의 삼림 지역이 있다. 대서양 삼림 지역은 해양의 영향을 크게 받는 기후에 속하는 반면, 아마존 삼림 지역은 적도 기후에 속한다. -저자 주

서양 삼림은 원래 면적의 7퍼센트밖에 남지 않았다. 우리는 내가 어린 시절을 보낸 땅에서 생태계를 복원하기로 했다. 부모님이 1990년대에 우리에게 물려주신 땅이다. 무분별한 삼림 파괴로 이제 휑댕그렁하니 보기 싫게 변했지만 예전에 나는 항상 내가 낙원에서 어린 시절을 보낸다고 생각했었다.

나의 고향

나는 1944년에 브라질 미나스 제라이스 주에서 태어났다. 우리 집은 리우 도시Rio Doce라는 골짜기 안쪽에 있는 농가였는데, 리우 도시는 그곳에 물을 대어주는 강 이름이다. 이 골짜기는 포르투갈의 면적과 맞먹을 만큼 크고 금광과 철광으로 유명하다. 내가 어릴 때만 해도 대서양 삼림이 절반은 남아 있었다. 그때는 아직 브라질이 시장 경제에 뛰어들어 세상 다른 나라들과 마찬가지로 숲을 결딴내기 전이었으니까. 아버지의 농장은 꽤 컸고 30여 가구가 그곳에서 자급자족하며 생활했다. 농장에서는 쌀, 옥수수, 토마토, 고구마, 감자, 과일을 생산했고 우유, 돼지고기, 쇠고기도 조금 나왔다. 아버지의 농장은 좋은 곳이었다. 아버지는 지주였고 사람을 부리는 입장이었지만, 일꾼들도 자기 소유의 가축이 있었고 약간의 땅을 경작해서 먹고살았다. 그들은 수확의 일부를 아버지에게 내고 나머지는 자기들이 알아서 했다. 부자는 없었지만 가난한 사람도 없었다. 브라질에는 16세기부터 그러한 농업 경작 방식이 있었다.

내 어린 시절의 황홀한 추억이 그 땅에 있다. 나는 거칠 것 없이 너른 땅에서 뛰어놀았고, 물놀이할 곳은 지천에 널려 있었다. 카이만악어들이 들끓는 강에도 수영을 하곤 했다. 몇몇 사람들이 생각하는 바와는 달리, 카이만악어들은 사람을 공격하지 않는다. 농장에는 말도 한 마리 있었다. 나는 아침에 말을 타고 나가서 해가 넘어가야 돌아왔다. 골짜기에 자리 잡은 농장이라서 제일 높은 끄트머리까지 말을 타고 올라가면 골짜기 아래가 잘 내려다보였다. 나는 더 멀리까지 보고 싶다는 꿈을 꾸었고, 지평선 너머에는 무엇이 있을까 상상해보기도 했다. 우리 지역은 발리 두 리우 도시Vale do Rio Doce 회사의 철로로 브라질 내 다른 지역들과 연결되어 있었다. 이따금 우기에 산사태가 일어나면 철로가 끊겨 한 달씩 고립되는 일도 드물지 않았다. 하지만 우리는 자급자족이 가능했고 부족한 것이라곤 없었다. 유년기는 나에게 아주 특별하고 경이로운 시절로 남아 있다. 그래서 나는 그 땅에 가없는 사랑을 품어왔다.

　내가 프로젝트 하나당 몇 년씩 걸리는 작업들을 세계 곳곳에서 하다 보니 사람들 눈에는 뭔가 대단히 거창해보이는 모양이다. 어떤 이들은 말한다. 살가두는 과대망상증이라고. 하지만 나는 원체 큰 나라에서 태어났다. 브라질의 면적은 851만 1965제곱킬로미터, 프랑스 면적의 15배에 해당한다. 나는 광대한 공간과 잦은 이동에 익숙하다. 오늘은 여기서 자고 내일은 저기서 자는 생활도 이미 오래전부터 익숙하다. 나이 차이가 많이 나는 누나들은 내가 어렸을 때 이미 결혼해서 가정을 꾸리고 있었다. 나는 혼자서 그런 누나들 집에 놀러 가서 지내다 오곤 했는데, 부모님도 딱히 말리지 않았다. 나는 혼자서 파리에서 모스크바 혹은 리스본까지와 맞먹는 장거리 여행을 다녀오곤 했다. 그때는 교통수단도 아주 열악했다. 나는 어려서부터 그런 식으로 여행하는 법을 배웠다. 아버지 농장의 가축들을 수백 킬로미터나 떨어진 도살장에 끌고 가느라 45일이 걸렸던 적도 있다. 그때는 농장, 숲, 강을 거쳐 이리저리 돌아가다 보니 그렇게 오래 걸렸다.

아버지는 같이 일하는 아저씨들 몇 명과 함께 걸어서 도살장에 다녀왔다. 조그만 막대기 하나로 500~600마리나 되는 돼지들을 몰고 50일은 걸릴 길을 떠났던 것이다. 그래도 아저씨들은 얘기도 나누고 경치도 구경하면서 걸었다. 그러한 느림은 사진의 느림이기도 하다. 비행기, 자동차, 열차가 지구의 어느 한 지점에서 다른 지점까지 아무리 재빨리 데려다준대도 현장에서는, 사진을 찍는 그 순간만큼은 느긋하니 시간을 들여야 한다. 인간, 동물, 삶의 속도에 자신이 맞춰가야 한다. 우리 세상이 오늘날 아무리 빨리 돌아가도 삶 자체는 그러한 척도에 매여 있지 않다. 사진을 찍으려면 삶을 존중해야 한다.

나도 이 장기간의 목축 이동에 두세 번 따라갔다. 수천 마리의 소 떼 뒤에서 나 혼자 말을 타고 따라갔지만 말이다. 도로는 없었고 대략 20킬로미터마다 이스타상(estação, 정류장)이 나오면 거기서 쉬었다. 매일 아침 각종 물품과 이불 보따리 따위를 짊어진 노새 네다섯 마리가 먼저 출발했고, 저녁에는 그런 짐들을 나뭇가지 따위에 걸거나 붙들어 매고 음식을 준비했다. 저녁은 어머니가 꼼꼼하게 싸주신 치즈와 주전부리 몇 조각으로 가볍게 먹었다. 하지만 새벽 4시에 일어나서는 브라질 전통 요리인 '페이장 트로페이루feijão tropeiro'를 든든하게 먹었다. 이 요리는 강낭콩과, 보존에 용이한 염장육鹽藏內을 주재료로 삼는다. 우리는 하루 중에서 아침 식사를 제일 든든하게 챙겨먹었다. 그다음에 길을 가다가 가끔 바나나나 오렌지를 따먹곤 했다.

내 고향은 참 아름답다. 산들은 그리 높지 않으면서도 위용이 있다. 만약 어떤 우월한 존재가 이 세상을 창조했다면 아마 우리 고향을 맨 마지막으로 만들었을 것이다. 그 정도로 그 땅은 아름답고 내가 딴 데서 본 풍광들과 확연히 다르다! 독보적이라고 할 수밖에 없다. 그곳에서 빛을 바라보고 사랑하는 법을 배웠다. 그 빛이 평생 나를 따라왔다. 우기에 엄청난 소나기가 퍼붓기 전이면 하늘이 구름으로 뒤덮인다. 나는 하늘을 가득 메운 구름과 그 사이를 뚫고 비치는 한 줄기 빛의 이미지와 함께 태어났다. 사실, 나는 사진을 찍기 전부터 나의 사진 속에 있었다. 나는 그 역광과 함께 성장했다. 어릴 때, 어른들은 내 하얀 피부가 탈까봐 꼭 모자를 씌우거나 나무 그늘에 앉아 있게 했다. 그때에는 선크림도 없었으니까. 아버지가 내게 다가오는 모습은 항상 태양을 등진 모습, 역광의 이미지로 기억에 남아 있다. 그렇기 때문에 그 빛, 그 너른 공간, 그게 나의 이야기다. 나는 그 모든 장소, 그 모든 이동, 그 모든 빛에서 태어났다. 지금은 프랑스에서 살고 있고, 가끔 미국이나 중국에 가야 할 일이 있지만 그러한 여정이 어린 시절 우리 농장에서 도살장까지 가던 길보다 더 멀게 느껴지지는 않는다.

아이모리스Aimorés는 인구 1만 2000명의 소도시로서, 아버지 농장에서 가까웠기 때문에 나는 그곳으로 초등학교를 다녔다. 나는 열다섯 살에 아이모리스를 떠났다. 나는 중등 교육을 마치기 위해 이스피리투 산투 주의 비토리아로 갔다. 비토리아는 내게 별천지였다. 가령, 그전까지 나는 전화라는 걸 몰랐다. 내가 살던 도시에는 전화가 아예 없었기 때문이었다. 우기가 아닐 때 겨우 주파수가 잡히면 단파 라디오를 듣는 게 다였다. 따라서 내가 살던 곳에서는 뉴스를 지속적으로 접하지 못했다.

나는 공부를 하러 시골에서 도시로 올라온 첫 세대에 속한다. 아버지는 농부가 되기 전에 약학 공부를 했지만 학업을 마치지 못했다. 아버지는 1930년대 초에 혁명에 가담했다. 아버지가 지지하는 정파가 패배했고, 아버지는 어머니와 함께 내륙 지방인 미나스 제라이스로 이주해 새 삶을 시작했다. 농장을 갖기 전에 아버지는 노새 열두 마리를 사서 운송업, 특히 커피 운송업에 종사했다. 커피 플랜테이션 농장들에서 아이모리스 기차역까지 아버지는 짐을 가득 실은 노새들을 이끌고 꼬박 열두 날을 걸어 숲을 통과했다. 이미 그때부터 이동은 일상사였다! 할아버지도 아버지와 마찬가지로 여기저기 돌아다니길 좋아하는 도매상이자 모험가였다.

할아버지는 집에서 아주 먼 곳에서 말라리아로 돌아가셨다. 그 당시로서는 두세 달이 걸리는 거리였다고 한다. 가족은 할아버지의 죽음을 2~3년 후에야 겨우 알게 됐다. 하지만 브라질 내륙 지방에 살았던 우리 세대 사람이라면 누구에게나 그 비슷한 이야깃거리가 있다.

비토리아에서 나는 대여섯 명의 또래 젊은이들과 집을 공동으로 빌려 살았다. 우리는 돌아가면서 한 달씩 공동 예산을 관리해야 했다. 어렸을 때지만 덕분에 경영의 맛을 봤다. 나는 아르바이트가 필요했다. 아버지가 큰 농장을 가지고 있었지만 생산의 상당 부분은 농장에 재투자해야 해서 쓸 수 있는 돈이 별로 없었던 것이다. 나는 알리앙스 프랑세즈(프랑스 언어 문화 교육원) 사무국 경리과에서 일했다. 거기서도 돈 다루는 일을 조금 익혔다. 아버지는 내가 당신처럼 농장을 운영하든가 변호사가 되기를 바라셨다. 그래서 나는 중등 교육 과정을 마치고 법대에 진학했다. 법의 역사만큼은 재미있었지만 그 외의 공부는 내 관심 밖이었다.

그 무렵, 브라질 경제가 변화하기 시작했다. 실제로 브라질 최초의 자동차 공장들은 1950년대 말부터 나타났다. 1956년부터 1961년까지 재임한 주셀리누 쿠비체크Juscelino Kubitschek 대통령은 아마 브라질 역사상 가장 적극적인 '개발주의자'였을 것이다. 브라질리아를 건설하고 1960년 4월 21일에 새로운 수도로 삼은 사람도 쿠비체크였다. 쿠비체크로 인해 브라질은 400년의 긴 잠에서 깨어났고 우리는 전혀 새로운 나라에서 사는 기분을 느꼈다. 당시 많은 젊은이가 그랬듯, 나도 그 흐름에 몸을 싣고 싶었다. 그런데 법학이 내게 전통적인 학문으로 보였다면 경제학에는 훨씬 현대적인 무엇인가가 있어 보였다. 당시에 SUDENE(Super intendência de Desenvolvimento do Nordeste, 북동부개발기구)와 ALALC (Asociación Latinoamericana de Libre Comercio, 라틴아메리카자유무역연합)이 설립됐다. 경제학과도 많이 생겼다. 그래서 나도 경제학자가 되고 싶었다. 이 현대의 모험에 뛰어들고 싶었던 것이다.

나는 스무 살 때 제5학년에 재학 중인 열일곱 살의 여학생 렐리아를 알리앙스 프랑세즈에서 만나 사랑에 빠졌다. 렐리아는 비토리아에서 태어났고 음악원에서 10년째 피아노를 전공하고 있었다. 그녀는 열일곱 살 때부터 초등학교 교사로 일하기 시작했고 피아노 강습도 병행하고 있었다. 그녀는 근사했다. 우리가 결혼한 지 45년이 됐지만 지금도 내 눈에는 그녀가 참 곱다. 우리는 처음 만난 이후로 모든 것을 함께 해왔다. 우리는 그때 아직 어린애들에 불과했지만 함께 정치에 눈을 떴다.

나와 함께 사는 친구들은 브라질 국내 사정의 추이를 눈여겨보고 있었다. 우리는 농촌 사람들이 도시로 이주하는 모습을 보았다. 산업이 노동력을 필요로 했기에 시골에서 가족 전체가 도시로 올라오는 경우는 다반사였다. 또한 우리는 사회적 불평등의 등장도 지켜보았다. 그때까지 나는 그런 불평등에 대한 의식이 없었다. 내가 원래 살던 세계는 시장 경제 체제 밖에서 굴러갔었으니까. 그 세계에는 부자도 없고 가난뱅이도 없었다. 우리 아버지 농장에서처럼, 누구나 의식주를 해결하고 가족을 부양할 수 있었다. 그런데 산업 체제에서 시골 사람들은 도시에서 전혀 다른 삶을 접했고 대다수는 빈곤층으로 전락했다. 나는 좌파 친구들을 사귀기 시작했다. 당시에는 공산당의 활동이 매우 활발했다. 우리 중 일부는 가톨릭대학청년회 같은 단체에서 투쟁했다. 그러한 좌파 그리스도교 단체들은 좀 더 급진적인 정당들, 이를테면 내가 가입했던 '국민행동Ação Popular' 같은 정당들에서 나왔다. 이 집단은 군사적 투쟁까지도 각오한다는 점에서 이념적으로 쿠바 혁명주의자들에 가까웠다.

내가 대학에 들어가던 때의 경제학은 오늘날의 경제학과 상당히 달랐다. 지금은 경제학이 주로 기업경제를 가리킨다. 우리의 학업 과정에도 그런 부분은 있었지만 그때의 경제학은 무엇보다도 정치경제학, 거시경제학, 재정학이었다. 특히 내가 관심이 많았던 분야는 거시회계였다. 나는 여러 변수들을 잘 통제하면 진정한 경제 변화를 추진할 수 있다고 보는 경제 모델들에 대해서 장기 프로젝트 연구를 하고 싶었다. 거시적 차원에서의 저축 개념에 관심을 두었던 나는 상파울루 대학에서 석사 과정을 밟기 원했다. 상파울루 대학 경제학과에 석사 과정이 그때 막 신설된 참이었다. 브라질에서 경제학 석사를 할 수 있는 유일한 과정이었고, 정원은 딱 스무 명이었다. 나는 운 좋게도 그 스무 명에 들어갔을 뿐 아니라 장학금까지 받았다. 나는 1967년 12월 15일에 경제학 학사 학위를 받았다. 그다음 날인 16일에 렐리아와 결혼했고 1월부터 석사 공부를 하기 위해 곧장 상파울루로 떠났다. 나는 스물세 살, 렐리아는 스무 살이었다. 상파울루 대학 경제학과 교수진은 미국 대학 출신들이 많았고 브라질 재정경제부 장관과 브라질 중앙은행 총재까지 포함되어 있었다. 국가의 막대한 요청에 부응할 수 있는 관리직들을 아예 작정하고 양성하려 했던 것이다. 나 또한 그 집단에 속하는 특권을 누렸었다.

1964년 3월 31일, 육군 장성 카스텔루 브랑쿠Castelo Branco가 쿠데타를 일으켜 조앙 굴라르트João Goulart 대통령을 몰아내고 제2공화국을 무너뜨렸다. 이때 수립된 군사 정권이 1985년에 탄크레두 네베스Tancredo Neves가 대통령에 당선될 때까지 이어졌다. 군인들은 쿠바 체제가 소련에 동조한 예를 들어 공산주의의 위협을 구실 삼아 자기네들의 쿠데타를 정당화했다. 많은 국민들이 군사 독재에 저항했고 이 정권이 자행한 반인권적 행위를 비판하는 운동에 가담했다. CIA를 이용해 질서 유지를 핑계 삼아 라틴아메리카 내정에 간섭하는 미국에 저항하는 운동도 함께 일어났다. 그 같은 반감 때문에 렐리아와 나의 정치적 입장은 더욱 급진화되었다. 우리는 모든 반독재 집회와 저항 운동에 참여했고 우리의 이념을 결연히 수호하기로 친구들과 함께 다짐했다. 물론 위험이 따르는 일이었다. 당에서는 우리처럼 가장 젊은 축에 속하는 사람들은 외국에 나가 공부를 하면서 국외 활동을 펼치고 노련한 고참급들이 국내에서 지하 저항 운동을 주도하는 방향으로 활동 기조를 잡았다.

우리가 브라질을 떠나기 직전, 그러니까 1969년 5월에서 7월 사이에 렐리아는 부모를 모두 잃었다. 어머니는 암으로 세상을 떠났고, 아버지는 화재로 목숨을 잃었다. 우리 삶에서 너무 버거운 비극이었다! 렐리아는 불과 두 달 사이에 양친을 다 여읜 것이다. 그때 그녀는 겨우 스무 살이었다. 8월에 우리는 조국을 떠났다. 우리는 만약 들키면 감옥에 끌려가 고문을 받게 될 것을 알면서 프랑스로 가는 배에 몸을 실었다. 지금도 기억한다. 배가 마지막 항구에서 벗어나 브라질 연안에서 완전히 멀어졌을 때 우리 두 사람이 얼마나 안도했던가를!

다른곳 아닌 프랑스에서

렐리아와 나에게 프랑스에 간다는 것은 굉장한 일이었다! 프랑스 사람들은 대개 잘 모르지만 브라질 사람들은 프랑스를 좋아한다. 19세기 말부터 우리나라 지식인들은 너나없이 죄다 프랑스에 갔고 최초의 브라질 헌법은 프랑스의 공화국 원칙에서 영감을 받아 제정되었다. 인구 10만 이상의 브라질 도시라면 어디에나 프랑스인 원장이 운영하는 알리앙스 프랑세즈가 있다. 우리 때는 중등 교육 과정에 들어가자마자 라틴 어와 프랑스 어를 배웠다. 영어는 오히려 프랑스 어보다 2년 늦게 배우기 시작했다. 앞에서도 말했지만, 나는 비토리아에서 알리앙스 프랑세즈 사무국에 일자리를 구했다. 당시 사무국을 이끌던 주주와 피에르 메리구와는 그 후로도 줄곧 친하게 지냈다. 주주는 주이스 지 포라(미나스 제라이스 주) 출신이었고 피에르는 리모주 출신이었다. 나는 책상에 깐 유리 밑에 파리 시 지도를 끼워두고 있었다. 그래서 프랑스에 도착했을 때에는 이미 라스파유 대로, 리볼리 거리, 바스티유 광장의 위치를 훤히 꿰고 있었다. 내가 렐리아를 처음 만난 곳도 알리앙스 프랑세즈다. 그녀는 그때 이미 프랑스 어를 완벽하게 쓰고 말할 수 있었다.

우리에게 프랑스라는 행선지는 너무나 당연했다. 프랑스는 인권과 민주주의의 종주국이니까. 게다가 프랑스는 공산주의와 미국 사이에서 제3의 선택지이기도 했다. 우리는 공산주의자들을 높이 평가했다. 당시 공산주의자들은 좌파의 주축이었다. 하지만 그들이 언뜻언뜻 드러내는 반反계몽주의는 미덥지 않았다. 한편, 미국인들은 눈꼽만큼도 믿을 수 없었다. 우리를 짓누르는 탄압의 근본에 미국인들이 끼여 있었기 때문이다. 미국인들은 민중적인 것이나 민주적인 것과는 결코 손을 잡는 법이 없었다. 그들은 항상 가장 큰 힘을 쥔 자들, 무기를 가진 자들의 자리 보존에만 도움을 주었다.

프랑스는 우리에게 민주적 이념의 나라이기도 했지만 경제적 이념의 나라이기도 했다. 당시 프랑스에는 경제학 분야의 석학들이 많았다. 나는 대외적으로 프랑스 국립통계경제행정학교ENSAE 유학생이었다.

우리는 1969년 8월에 파리에 도착했다. 모든 것이 놀랍고 신기했다. 아침 일찍부터 하루가 시작되었고 날은 참 길었다. 하지만 가을이 오자 빛이 확 꺾였고 12월에 렐리아와 나는 우울증을 앓다시피 했다. 우리나라가 사무치게 그리웠다. 우리는 브라질에 돌아갈 수 없다는 것을, 그러기에는 반反군사 독재 운동에 우리가 너무 깊이 연루되어 있다는 것을 잘 알고 있었다. 우리는 젊었고 조국에 돌아가지 못하는 현실은 가혹했다.

프랑스에서 렐리아는 오랫동안 피아노 근처에도 가지 않았다. 다시 피아노를 치기 시작했을 때에도 순전히 우리 자신을 위해서만 연주를 했다. 양친을 여의고 조국을 떠난다는 것이 너무 큰 단절, 너무 큰 고통이었기에 렐리아는 완전히 새 삶을 살기로 결심했다. 그녀는 국립미술학교 건축학과에 들어갔다. 한편, 나는 박사 과정을 준비했다. 장학금은 없었다. 우리는 대학 지구인 시테에 방을 얻었고 학업과 일을 병행하기 시작했다. 나는 시테 지구 협동조합에서 화물차에서 짐을 내리고 운반하는 인부로 일했다. 렐리아는 도서관에 일자리를 얻었다. 프랑스에 올 때 쥐고 있었던 돈 2000달러로는 시트로엥의 2CV를 한 대 구입했다. 파리는 책으로 하도 많이 접해서 최소한 머리로나마 잘 알고 있었다. 하지만 우리는 프랑스의 다른 고장들도 다녀보고 싶었다. 알자스, 피레네 산맥 지역, 프로방스,……. 프랑스는 어딜 가나 참 아름답다는 것을 알았다. 브라질은 프랑스보다 15배나 큰 나라지만 프랑스는 브라질보다 15배는 다양한 나라다. 프랑스는 차츰 우리의 나라가 되었다. 브라질이 우리 나라인 것처럼.

프랑스에서 우리는 연대連帶를 배웠다. 연대를 발견하고 보니 우리는 이미 그 안에 있었다. 우리는 독재가 망가뜨린 브라질 동포들과 다시 가까워졌다. 그들 중 상당수는 고문

후유증에 시달렸다. 좌파 단체들이 그중 일부를 아르헨티나나 우루과이로 탈출시키는 데 성공하긴 했지만 이미 그들은 정신적으로나 신체적으로 완전히 폐인이 되어 있었다. 우리는 이 브라질 망명자들을 위한 기금을 모으기 위해 주말마다 2CV를 몰고 프랑스 각지를 돌아다녔다. 토요일마다 브라질 투사 친구들과 함께 메스로, 베르됭으로 떠났다. 노동총동맹CGT, 민주노동동맹CFDT, 공산당PC, 통일사회당PSU 등의 좌파 집단들과 가톨릭기아퇴치발전회CCFD, 해외 이주자를 위한 세계교회상호공제회Cimade가 우리에게 도움을 주었다. 요컨대, 우리는 아는 사람 하나 없이 프랑스에 왔지만 우리끼리 고립되지 않았을 뿐만 아니라 매우 탄탄한 연대의 네트워크에 속하게 되었던 것이다. 참다운 의미의 공유와 공조가 그 네트워크를 지배했다. 물질적인 면에서나 정신적인 면에서나, 정말 그랬다. 우리는 향수병에 시달렸지만 진심어린 환대를 느꼈고, 이제 우리가 나서서 프랑스에 처음 건너오는 사람들을 도우려고 노력했다. 포르투갈이 압제에 시달리던 시기에도 그랬다. 살라자르의 독재에 항거하는 포르투갈 인들의 운동은 남의 일 같지 않았다. 브라질 사람으로서 포르투갈 사람들은 유독 가깝게 다가왔다. 하지만 폴란드 인, 앙골라 인, 과테말라 인, 칠레 인, 모든 이민자와 불법 체류자 들에게도 우리는 연대 의식을 느꼈다.

우리는 프랑스에 처음 도착하고서 한동안 감시를 당했다. 지금은 우리가 감시를 당했다는 뚜렷한 증거를 우리 손에 쥐고 있다. 최근 문을 연 브라질 국립문서보관소에서는 우리와 관련된 당시의 국가정보부SNI 자료들을 넘겨주었다. 우리는 그 당시 우리 생활이 낱낱이 보고되었음을 알았다. 같은 브라질 출신이라서 친구라고 생각했던 사람들이 사실은 첩자 노릇을 했던 것이다. 우리 집 실내가 묘사되어 있었고, 심지어 화분을 두는 위치까지도 정확했다……. 기록되지 않은 사항은 없었다. 내가 사진으로 전향한 후 잠시 일했던 감마 에이전시 대표 장 몽퇴Jean Monteux의 이름까지 나와 있었다. 장 몽퇴는 1976년에 브라질 정부에서 나의 여권 갱신을 거부했을 때 친히 나서서 도움을 주었던 사람이다. 그는 고맙게도 영사관까지 나와 동행해서 여권을 갱신해 달라고 청했다. 해외 르포르타주 작업을 하려면 여권은 필수였으니까. 나는 문서보관소에서 보내준 자료에서 브라질 정보 요원들이 장이 내 편을 들었다는 이유로 감마 에이전시가 체제 전복을 기도하는 자들의 아지트가 아닌지 조사해 달라고 요청한 흔적을 보았다. 독재란 그런 거다. 그렇게 구질구질한 거다! 나는 결국 프랑스 국적을 취득했다. 하지만 다른 친구와 함께 브라질 외교부를 상대로 소송을 걸었다. 포르투갈에 망명해 있던 그 친구, 연극연출가 아우구스투 보아우Augusto Boal도 나와 사정이 똑같았다. 국민에게 여권 발급을 거부하는 것은 위헌이다. 우리는 승소했다. 이로써 선례가 만들어졌다. 나와 그 친구가 소송을 걸어 승리했기 때문에 그 후로 같은 상황에 처한 사람들은 모두 변호사를 선임해서 브라질 정부를 공격했다.

그렇게 쫓겨나고, 고문당하고, 두들겨 맞던 사람들이 이제 브라질을 이끌어가고 있어서 얼마나 기쁜지 모른다. 페르난두 엔히크 카르도주Fernando Henrique Cardoso 대통령에서부터 룰라Lula 대통령에 이르기까지 좌파가 확실한 부흥을 이루어냈으니! 함께 투쟁하던 동지들이 이제는 장관이 되었으니! 저항 운동을 하면서도 무산 계급이었기에 브라질을 결코 떠난 적 없는 룰라, 체포당하고 박해받던 룰라가 브라질 역사상 가장 위대한 대통령이 되었으니! 브라질 빈곤층 3500만 명을 중산층으로 통합시키는 위업을 이룬 사람이 룰라다. 지우마 호세프Dilma Rousseff 대통령도 마찬가지다. 그녀도 투옥되고, 탄압받고, 고문을 당했었다. 그렇게나 큰 고통을 낳았던 독재가 드디어 무너졌다. 독재에는 미래가 없으며 그 점은 독재자들도 마찬가지다. 게다가 결산을 해 보자면 파시즘, 나치즘, 구 소련의 타락한 공산주의는 하나같이 살아남지 못했다. 그게 자연의 순리이기라도 한 것처럼. 그 어떤 위대한 것이 현실을 좀 더 숭고한 방향으로 이끌기라도 하는 걸까. 그 모든 개념들의 말로는 정의가 있다는 증거다.

카메라의 셔터 음

우리는 파리에 도착한 후로 연대 네트워크에 힘입어 친구들을 많이 사귀었다. 1970년 봄에 우세Houssay 가문 사람들은 내가 요양을 할 수 있도록 안시 근처 망토넥스 수 클레르몽 마을의 집 한 채를 빌려주었다. 병이 나서 임파선이 엄청나게 부어올랐는데, 한동안 주위에서 암이 아닐까 걱정할 정도였다. 병원에서는 꽃가루 알레르기성 염증이라고 진단을 내렸다. 사실, 나는 내 생애 처음으로 진짜 봄을 만나는 중이었다. 브라질의 봄과는 완전 딴판이다. 사부아 지방에서 잠시 지내는 동안 우리는 차를 몰고 스위스 제네바에 갔다. 당시 제네바는 유럽에서 사진 관련 자재를 가장 저렴하게 구입할 수 있는 도시였다. 렐리아는 건축학도였기 때문에 건축물 사진을 찍을 일이 많았다.

렐리아는 펜탁스 스포트매틱 II와 타쿠마 50mm F1.4 렌즈를 구입했다. 우리는 사진에 대해 아무것도 몰랐지만 금세 홀딱 빠졌다. 망토넥스에 돌아와서 처음으로 사진을 찍어봤다. 설명서를 읽고 사흘 후에 또 제네바에 가서 24mm와 200mm 렌즈도 샀다. 사진은 그렇게 내 인생에 들어왔다. 나는 파리에 돌아간 후에 시테에 작은 현상소를 열었다.

몇 달 후, 나는 협동조합 상품을 나르는 일을 그만두고 학생들에게 사진을 뽑아주는 일을 본격적으로 시작했다. 수입도 나쁘지 않았다. 그 후 내 생애 최초의 보도 사진을 찍었다. 브라질 작가 조르지 아마두Jorge Amado가 포르투갈 작가 페레이라 드 카스트루Fereira de Castro와 함께 아카데미 프랑세즈 상을 받으면서 고맙게도 나에게 사진을 맡겼던 것이다. 그 밖에도 자질구레한 보도 사진 의뢰들이 있었다. 사진가가 될 수도 있겠다는 생각이 들기 시작했다. 그때부터 레일라와 나는 폴크스바겐 콤비를 한 대 구입해서 그 안에 현상 장비를 갖추어놓고 아프리카를 여행하는 꿈을 꾸었다. 하지만 일단 나는 박사 과정을 마쳐야 했다.

1971년, 파리에서 박사 과정을 수료하고 나서 런던 국제 커피기구ICO에 아주 좋은 일자리를 얻었다. 나는 런던에서 일을 하면서 박사 논문을 써야겠다고 생각했다. 결국 박사 논문은 끝내 쓰지 못했다. 그렇지만 이성적으로 생각해서 마음을 다잡으려고 얼마나 노력했는지 모른다. '이봐, 넌 건실한 경제학자가 되어야 해. 그러기 위해서 열심히 공부했잖아. 반면에 사진은⋯⋯.' 국제공무원이 되자 수입이 갑자기 확 늘었다. 렐리아와 나는 근사한 트라이엄프 스포츠카를 구입했고 런던의 하이드 파크 근처에 좋은 집도 얻었다. 그렇지만 렐리아가 파리에서 계속 공부를 해야 했기 때문에 시테의 집도 계속 임대했다. 우리는 내가 아프리카 출장을 마치고 돌아올 때마다 런던에서 재회했다. 내 일은 출장이 정말 많았다.

나의 업무는 세계은행, 유엔식량농업기구FAO와 협력하여 아프리카 경제 개발 계획을 세우고 자금을 지원하는 것이었다. 나는 르완다, 부룬디, 콩고 지역 책임자였고 우간다, 케냐 지역에서는 부책임자였다. 우리는 르완다에 차 재배를 도입하기 위해 힘썼다. 커피 생산국의 농업 다양화를 꾀하는 것이 우리의 목표였다. 국제커피기구는 커피 생산국과 커피 수입국이 커피 한 포대를 판매하거나 구입할 때마다 1달러에 상응하는 금액을 기탁하게 하여 투자 기금을 조성했다. 이 기금은 공급이 수요를 초과해 가격이 폭락하는 일이 없도록 커피 생산량을 파악하고 관리하는 데 쓰인다. 1971년의 아프리카 첫 출장이 기억난다. 나는 조제프 무냔킨디 Joseph Munyankindi와 폴크스바겐 딱정벌레차를 타고 50일간 부룬디와 르완다 사이를 돌아다녔다. 당시 르완다에는 아스팔트 포장도로가 없었다. 조제프는 르완다 농공업사무소 소장으로, 이후에는 나와 막역한 친구가 되었다.

우리는 세계은행과 FAO에서 파견된 팀들과 함께 키부 지역에서 차 플랜테이션에 적합한 장소들을 찾아다녔다. 그 지역은 고도가 차 재배에 적합했고 토양도 매우 비옥했다. 우리는 이 주요 커피 생산 국가에 최초의 차 생산 기반을 마런했다. 그때 향후 30년간의 수익성 분석도 작성했다. 거시 경제적으로, 3만 2000 가구가 작으나마 자기 소유의 땅에서 경작을 하게 만든다는 프로젝트였다. 1991년에 '인간의 손' 사진 작업을 위해 르완다를 다시 찾았을 때 차 플랜테이션은 엄청나게 성장해 있었다. 그 무렵, 르완다는 이미 세계 최고의 차를 생산하고 있었다. 르완다는 최대 생산지는 아니지만 품질이 특히 우수한 차를 생산하기 때문에 아시아의 대량 생산 차에 향을 더하는 용도로 수요가 많다. 런던거래소에서도 르완다 차는 가장 고가에 거래된다.

나는 경제학을 공부한 덕분에 아프리카를 발견했다. 그 대륙에서 나의 낙원을 되찾았다.

아프리카,
나의 또 하나의 브라질

르완다에 가니 우리나라로 돌아간 것 같았다. 아프리카는 브라질의 다른 반쪽이다. 평면구형도를 잘 보면 아프리카, 라틴아메리카, 남극이 1억 5000만 년 전에는 한 덩어리였다가 지금처럼 갈라졌다는 것을 알 수 있다. 비록 대륙은 나뉘었어도 아프리카에서는 남아메리카에서와 같은 작물, 같은 광물을 많이 볼 수 있다. 문화적인 면에서도 포르투갈 인들이 브라질로 끌고 간 모잠비크, 기니, 앙골라, 베냉, 나이지리아 출신의 노예들은 사회에 뿌리 깊은 자취를 남겼다. 그들의 민속·민담의 주요한 부분들은 브라질 문화에 깊이 배어들었다. 우리나라에서 아프리카가 그렇게 중요하게 여겨지는 이유가 바로 여기에 있다. 나는 아주 어릴 때부터 아프리카에 가보고 싶었다. 르완다에 도착하자마자 친근한 땅이라는 느낌을 받았다. 우리나라 사람들과 생활 양식이 비슷했고 음식이라든가 말하고 노는 법도 비슷했다. 나는 지금까지 살아오면서 아프리카를 기회가 되는 대로 자주 찾았다. 나의 이야기는 온전히 그 대륙과 연결되어 있다.

르완다, 부룬디, 자이르, 케냐, 우간다로 출장을 다니면서 깨달았다. 내가 돌아가서 써야 하는 보고서에서보다 내가 찍는 사진에서 훨씬 더 많은 행복을 얻고 있다는 것을 말이다. 물론, 나는 진지하게 보고서를 썼고 그 일도 그 나름대로 재미있었다. 하지만 사진은……. 런던에서 작은 배를 빌려서 렐리아와 함께 보냈던 일요일이 생각난다. 우리는 그 배를 타고 하이드 파크 내의 인공호 서펜타인 한가운데까지 나갔다. 배에 드러누워 경제학을 그만두고 사진을 찍고 싶다는 얘기를 몇 시간은 했던 것 같다. '꼭 그걸 해야 할까?' 나는 끊임없이 나 자신에게 되물었다. 그러다 결국 하고 싶은 일에 대한 마음이 모든 것을 이겼다. 나는 결심이 섰다. "경제학을 그만두겠어!" 그때가 1973년이다. 나는 스물아홉 살이었

고 렐리아의 동의를 얻어 앞날이 창창한 길을 버리고 프리
랜서 사진가가 되기로 했다.

두둑한 연봉, 근사한 아파트, 스포츠카는 종쳤다. 우리는
파리로 돌아갔고 다락방을 하나 얻어 낮에는 현상소, 밤에
는 침실로 삼았다. 렐리아는 도시계획학 석사 과정을 밟는
중이었다. 그러면서도 우리의 생계비를 벌기 위해 건축 사
무소들에서 '샤레트charrette'•를 받아와 일했다. 요컨대, 완성
이 임박한 프로젝트를 살펴보고 부족한 부분을 보완하고 다
듬는 일이었다. 업무 강도가 높은 일이라서 렐리아는 일감
을 한 번씩 받아올 때마다 촌각을 다퉈가며 매달렸다. 렐리
아는 파리에 거주하는 브라질 사람들을 위한 작은 신문 발
행에도 참여했다. 그 과정에서 조판, 도판, 편집도 배웠다.
이때 배운 모든 것이 나중에 우리가 책을 낼 때 무척 도움이
되었다. 저축해두었던 돈은 모두 사진 장비와 자재를 구입
하는 데 썼다. 우리에겐 목표가 있었고, 그 목표를 위해서라

• 건축업계의 은어. 원래는 '작은 수레'라는 뜻이다. 국립미술학교 건축학과 학생들은
  과제를 제때에 마치지 못해 직접 수레를 써서 작업 결과물을 현장에 가져가곤 했다.
  그 후 건축업계에서 이 말은 '마감이 임박한 일거리'라는 뜻으로 통한다. -역자 주

면 전부 다 좋았다. 기억난다, 우리는 그때 샤워기조차 없어서 친구들 집에 샤워를 하러 가곤 했다!

그 해에 우리는 르포르타주 작업을 하러 떠났다. 물론 행선지는 아프리카였다! 렐리아는 장남 줄리아누를 임신한 몸이었지만 그래도 나와 함께 니제르를 누비고 다녔다. 여름이라서 더위가 장난 아니었지만 우리는 아프리카를 느낄 수 있었고 그곳이 더할 나위 없이 좋았다. 우리는 CCFD(아르헨티나 인 친구 촐리와 브라질 인 친구 마르쿠스 게하가 니제르에 파견된 대표들이었다.)와 Cimade와 함께 가서 아프리카의 기근을 주제로 촬영했다. 이 단체들이 가뭄과의 투쟁 프로그램을 실시하고 있는 지역에 갔다. 우리는 식량을 보내는 화물차와 화물기를 타고 돌아다녔다. 참혹한 현장들을 보았고, 힘이 들었다. 그렇지만 의욕이 샘솟기도 했다. 우리가 찍는 사진들이 유용하게 쓰이겠다는 감이 왔다. 사진은 두 명이 맡았다. 또 다른 브라질 젊은이 안토니우 루이스 멘지스 소아리스Antonio Luiz Mendes Soares가 컬러 사진을 맡았고 나는 흑백 사진을 맡았다.

니제르에서 돌아와 앙기엥레뱅에서 잠시 지냈다. 우리와 아주 친한 바세 가족이 그곳에 있는 아름다운 자택을 빌려준 덕분이었다. 니제르 르포르타주에 필요한 돈을 빌려준 것도 바세 가족이었다. 우리는 그 집에서 필름을 현상하고 사진을 인화할 수 있었다. 그때 나는 크게 앓아누웠다. 아프리카에서 몇 주 내내 마니옥만 먹다가 아가데즈 시장에서 고기를 보고 그 유혹을 이기지 못했던 것이다. 그때 산 고기 한 덩이가 탈이었을까, 나는 톡소플라스마에 감염되고 말았다. 다행히도 렐리아는 임신부의 육감을 발휘하여 고기를 건드리지도 않았다. 그래서 렐리아가 직접 잡지사들을 돌면서 사진을 판매해야 했다. 렐리아는 이미 현상이나 인화 같은 후반 작업을 다 할 줄 알았다. 요컨대, 그녀는 모든 과정에 참여했다. CCFD는 내가 찍은 사진 한 점을 마음에 들어했다. 머리에 항아리를 인 여자가 빛을 등지고 나무 옆에 서 있는 사진이었다. CCFD는 그 사진을 포스터로 삼고 '대지는 모두의 것' 캠페인에도 집어넣기로 했다. 내 사진이 프랑스 내 모든 교회, 모든 교구관, 그리고 상당수의 민주노동동맹 지역 사무소에도 걸리게 된 것이다. 나는 가격을 얼마나 불러야 할지 잘 몰랐다. CCFD가 적당한 가격을 제시해주었고, 나는 당시로서는 상당한 금액을 받았다. 작은 집 한 채를 구할 수도 있는 금액이었다. 하지만 렐리아와 나는 그 돈을 모두 장비에 투자하는 쪽으로 마음을 정했다. 나는 내게 필요한 라이카* 카메라 전부와 페로타이프, 전문가용 확대기를 구입했고 지금까지도 그 물건들을 잘 사용하고 있다.

아프리카 전문가를 자처할 마음은 없다. 하지만 나는 특히 그 대륙을 카메라에 담기를 좋아한다. 1975년부터 1979년까지 감마 에이전시 소속으로 일할 때에도 아프리카에 촬영을 하러 갈 기회가 있으면 기꺼이 달려가곤 했다. 단발적인 사건들보다는 장기적인 이야기들이 내 관심을 끌었다. 그 무렵, 각료평의회 사진을 찍거나 스타들의 인물 사진을 찍으면 벌이가 쏠쏠했다. 그러나 내가 뛰어든 분야는 그렇게 돈이 되진 않았다. 내가 찍는 보도 사진은 사건이 화제에 오르는 딱 그 시기에만 발표되고 그 후엔 대개 자료 보관실에

• 독일 브랜드 라이카의 24×36㎜ 카메라들. 가히 카메라의 롤스로이스라고 할 만하다. -저자 주

처박혔다. 그럼에도 불구하고 몇 안 되는 내 식구가 먹고살 정도의 벌이는 됐고, 나는 그걸로 만족했다. 세월이 좀 흐른 후에는 수입이 꽤 많았던 적도 있다. 그건 내가 지난 30년간 40회 가까이 아프리카에서 르포르타주 작업을 했고 그 결과물을 모아서 2007년에 『아프리카』라는 책을 냈기 때문이다. 이 대륙을 주제로 한 사진들은 아직도 책을 한 권 더 낼 수도 있을 만큼 많이 남아 있다. 나는 그 세월을 살아오면서 아프리카에 그렇게 자주 갈 수 있었으니 참으로 운이 좋았다고 생각한다. 사실, 아프리카에 자주 촬영을 하러 갔기 때문에 내 작업은 일관성을 띠게 되었다. 촬영 여행은 한 차례 한 차례가 다 보고 배우는 기회였다. 나는 사진에 힘입어 이 다양한 국가들의 변화를 보여줄 수 있게 되었다.

사진을 발견한 후로 잠시도 카메라를 손에서 놓지 않았다. 그런데도 매번 사진을 찍을 때마다 한없는 기쁨을 느낀다. 경제학 공부는 그러한 순간의 기쁨을 긴 호흡의 프로젝트들로 바꿔주었다.

젊은 투사, 젊은 사진가

사진에 뛰어들면서 누드, 스포츠, 인물 등 모든 시도를 다 해봤다. 이유는 모르겠고 어쩌다 그렇게 됐는지도 모르겠지만 보도 사진이 내 분야가 됐다. 사실, 그건 아주 자연스러운 일이었다. 나는 브라질 산업화의 초기 세대, 사회 문제에 매우 관심이 많은 세대에 속하기 때문이다.

프랑스에 정착한 지 얼마 안 됐을 때, 그러니까 내가 아직 경제학도였을 때 렐리아와 나는 소련에 가서 좌파에 대한 우리의 앎을 완결하고 싶다는 생각을 품었었다. 1970년에 우리는 CV2를 몰고 체코슬로바키아의 수도인 프라하에 사는 렐리아의 삼촌 친구분을 만나러 갔다. 렐리아의 삼촌은 브라질 공산당 창립 멤버 중 한 사람이다. 친구분도 브라질 공산당 중앙위원이었다가 그 나라로 망명해 있었다. 프라하에서 우리가 만난 그분은 이렇게 말했다. "소련은 잊어버려라. 이쪽으론 답이 없다. 관료제가 인민을 짓누르고 있으니까. 투쟁을 원한다면 프랑스에서, 이민자들과 함께 하려무나." 충격적이었다! 우리는 공산당원이 아니었는데도 공산당 체제의 중심에서 살아가는 분이 더 나은 브라질 건설의 토대로 삼았던 국제 공산주의에 대한 믿음을 완전히 상실한 모습을 보고 심란하기 그지없었다.

우리는 내친 김에 마침 공산주의 국가들의 대미사나 다름없는 행사가 예정되어 있던 동독의 라이프치히까지 갔다. 프라하를 떠나던 날에는 눈이 많이 왔다. 그래서 차를 몰아 라이프치히로 가는 길이 왠지 브라질의 진창길과 비슷한 느낌이었다. 라이프치히에서 우리는 공산주의 세계가 만들어 낸 것들의 진열창을 보았고, 그냥 프라하로 돌아가고 싶어졌다. 그런데 국경에서 체코슬로바키아에 다시 입국할 수 없다는 제재를 받았다. 우리는 두 공산주의 국가 사이에서 이러지도 저러지도 못하는 형국이었다. 동독 당국이 라이프치히로 돌아가도 좋다는 비자를 내주었지만 폭설 때문에 그 쪽으로는 불통이었다. 우리는 결국 서쪽 국경 근처에 있는 카를마르크스슈타트*로 들어가 그곳에서 호텔을 구하려 했다. 호텔을 물색하던 중에 어느 경찰관과 마주쳤다. 잠시 후, 우락부락한 흉터투성이 얼굴의 사내들이 경기관총을 우리에게 겨누었다. 그들은 우리에게 동독에서 일주일 가까이 지내면서 뭔 짓을 꾸미는 거냐고 퉁명스럽게 물었다. 다행히도 렐리아가 가방에서 우리가 라이프치히에 다녀왔다는 증거가 될 수 있는 호텔 영수증을 찾아냈다. 경찰관들은 영수증을 확인하고 나서 새벽 6시에 베를린 장벽에서 근무 교대가 이루어지기 전에 동독에서 나가라고 엄명을 내렸다. 그 후에는 떠나고 싶어도 떠날 수 없을 것이라는 위협을 넌지시 깔면서…… 우리 차에 연료가 다 떨어졌지만 그들은 무상으로 석유 한 통을 제공하면서 가급적 빨리 떠날 것을 종용했다. 그들이 국경까지 우리를 줄곧 따라오는 것을 백미러를 통해서 확인할 수 있었다. 우리는 마침내 서독으로

---

* 카를마르크스슈타트는 작센 지방에 위치하며 1990년에 '켐니츠'라는 새로운 이름을 얻었다. -저자 주

넘어갔다. 하지만 공산주의가 어떤 것인가를 뼈저리게 느꼈다. 프라하에서 만났던 그분 말마따나, 우리에겐 일종의 낭만주의와도 같았던 공산주의 체제에 이제 감성과 정감은 없었다. 차마 믿고 싶지 않았던 그 말이 사실이었다…….

어쩌다 보도 사진을 찍게 됐느냐는 질문을 받을 때마다 나는 나의 출신과 정치적 참여의 연장선상에서 자연스럽게 그렇게 됐다고 대답한다. 우리는 망명자들에 둘러싸여 살고 있었다. 우리처럼 남아메리카의 독재 체제에서 도망쳐나온 사람들도 있었지만 폴란드, 포르투갈, 앙골라 등에서 온 사람들도 있었다. 그래서 나는 자연스럽게 이민자, 불법 체류자 들의 사진을 찍기 시작했다. 처음에는 프랑스에서, 나중에는 유럽 각지에서 그들의 사진을 찍었다. 이미 언급했듯이 나의 아프리카 사랑이 첫 번째 대규모 르포르타주 작업을 이끌었다. 내가 처음에 보여주고 싶었던 것은 아프리카의 풍광이나 민속이 아니라 아프리카 인들을 도탄에 빠뜨리는 기아였다. 그래서 CCFD와 Cimade와 손을 잡고 작업을 시작했다.

우리 부부는 종교인이 아니지만 우리의 감수성은 그리스도교 사회주의에 가까웠다. 나는 나의 첫 번째 르포르타주를 『크리스티안Christiane』과 『라 비La Vie』 지에 발표했다. 당시 그리스도교 언론 매체들은 '삼류 언론'으로 치부되었지만 그럼에도 불구하고 '일류' 못지않은 비중을 차지했다. 『라 비』만 해도 매주 50만 부를 찍었다. 내가 자주 협업했던 가톨릭 구제 단체 월간지 『에스오에스SOS』는 100만 부 이상 나갔다. 나는 바야르Bayard 사의 『신생국들의 발전Croissance des jeunes nations』과도 많은 일을 했고 플뢰뤼스Fleurus 출판 그룹 계열 잡지들에도 사진을 많이 발표했다. 이 언론지들은 모두 엄청나게 많이 팔렸다. 당시에는 투쟁하는 그리스도교 국가 프랑스가 존재했기 때문이었다. 그게 나의 세계였다. 그리스도교인들은 난민과 후진국 들을 위해서 투쟁에 참여했다. 나 자신도 후진국 출신의 망명자 아닌가. 나는 사진가가 되고 난 후로 착취당하는 그 세상을 사람들에게 보여주고자 했다. 그 세상도 존엄한 모습 그대로 보여주고 싶었다. 세월이 흐른 후, 나는 국제연합아동기금Unicef, 국경없는의사회MSF, 적십자, 국제연합난민기구UNHCR 등과도 함께 작업했다. 그 시절부터 나는 줄곧 인도주의적 세계와 가깝게 지내왔다.

국제커피기구 소속으로 르완다에서 일하던 시절, 플랜테이션에서 하루 열두 시간 땡볕 아래 맨발로 일하는 노동자들을 보았다. 그들은 아무런 사회 보장을 누리지 못했다. 그렇게 고생하면서 버는 돈은 주거, 의료, 자녀들의 교육을 감당할 수준에 한참 못 미쳤다. 그들도 유럽인 노동자들만큼, 아니 그 이상으로 열심히 일했지만 그들의 생산물은 적정 가격을 받지 못했다. 아프리카의 커피 농장 노동자들은 그들의 건강과 안락과 기본적인 욕구들까지 희생해가며 우리가 지불해야 할 가격보다 싸게 커피를 공급해주는 셈이다. 나는 그러한 실태가 몹시 부당하다고 느꼈다. 렐리아와 나는 세계가 둘로 나뉘어 있고 한쪽에서는 다 가진 자들이 자유를 누리는 반면, 다른 쪽에서는 가뜩이나 없는 자들이 그나마도 빼앗기는 현실을 목격했다. 나는 그 약탈당하는 존엄한 세계를 사진에 담아 그러한 문제의식을 받아들일 수 있을 만큼 깨어 있는 유럽 사회에 보여주고 싶었다.

나는 경제학도 시절에 주로 정치경제학, 다시 말해 양적 방법론에 입각한 사회학을 공부했다. 경제학사, 다양한 경제학 이론들도 배웠고 그러한 공부는 넓은 의미에서의 철학이나 사상사에 다르지 않았다. ENSAE에는 계량경제학(경제학에 응용되는 수학) 과목도 있었다. 렐리아와 내가 속해 있던 마르크스주의 연구 집단에서는 당시 파리로 망명해 있던 이집트 카이로 대학의 아누아르 압델 말렉Anouar Abdel Malek 교수의 지정학 강의를 들을 수 있었다. 요컨대, 나는 꽤나 복잡하고 다양한 공부를 했다. 그 덕분에 어떤 나라를 처음 방문하더라도 비교적 빨리 그 나라의 정세를 파악하고 나의 사진 작업을 어떤 맥락에 위치시켜야 하는지 알 수 있었다. 나는 항상 나의 사진을 역사적이고 사회학적인 시각에 놓고 보았다. 작가들이 펜으로 기술하는 작업을 나는 카메라로 했을 뿐이다. 내게 사진은 글쓰기다. 사진은 내가 열중하는 대상이다. 나는 빛을 좋아하고, 빛 또한 하나의 언어, 그것도 매우 힘 있는 언어이기 때문이다. 사진을 시작하면서 한계를 두진 않았다. 호기심이 당기는 곳, 아름다운 감동이 있는 곳이라면 어디라도 가고 싶었다. 사회적 불의가 판치는 곳도 마찬가지다. 그 불의를 고발하기 위해서라면 어디라도 가고 싶었다.

그 무렵, 나는 포토저널리즘 업계에서 가장 알아주는 양성 소라고 할 수 있는 감마 에이전시에 합류했다. 시그마 에이전시에서 1년 있다가 그곳에 들어가서 1975년부터 1979년까지 활동했다. 감마 에이전시에는 자율적이면서도 활발한, 아주 특별한 분위기가 있었다. 사진가들은 대부분 합류한지 얼마 안 된 사람들이었다. 반면, 좀 더 노련한 전문가들로 이루어진 또 다른 집단이 있었다. 그들이 꼭 나이가 많았던 것은 아니지만 나보다는 훨씬 오래 작품 활동을 해왔던 사람들이었다. 레몽 드파르동Raymond Depardon, 마리 로르 드 데커Marie-Laure de Decker, 위그 바살Hugues Vassal 등이 그 집단에 속해 있었고 실력 있는 편집장 플로리스 드 본빌Floris de Bonneville이 있었다. 그들은 나처럼 좌파에 뿌리를 두지는 않았을망정 그들 역시 세계의 참모습을 바라보고 있었다. 자기들이 가는 곳, 가야 할 곳을 아는 사람들이었다. 플로리스와의 작업은 정말 재미있었다. 그는 내게 이 일의 기초를 가르쳐주었다. 우리는 항상 아침 일찍 에이전시로 나왔다. 에이전시에는 AFP, AP, 로이터 등의 주요 통신사 무선 전신이 24시간 들어왔다. 우리는 시시각각 떨어지는 속보들을 보면서 어떤 이야기들이 탄생할지 알 수 있었다. 가령 방글라데시 르포르타주가 그랬다. 정오에는 벌써 작업의 얼개가 그려졌다. 오후 4시에 플로리스가 나에게 물었다. "세바스치앙이 가겠어?" 나는 그 길로 집에 가서 짐을 쌌고 밤 10시에는 방글라데시 다카 행 비행기에 탑승했다. 그 사이에 감마 에이전시는 여러 잡지사들에 연락해서 사진 사용을 약속받았다. 그쯤 되면 좋은 사진을 찍어오지 않으면 안 된다.

플로리스는 출발 전에 언론 기사 스크랩을 건네주었다. 내가 쌓은 배움에 비추어 그 자료를 분석하고 어떤 방향으로 이 나라에 접근해야 할지 파악하는 데에는 오랜 시간이 걸리지 않았다. 『파리 마치Paris Match』, 『타임스Times』, 『스턴Stern』, 『뉴스위크Newsweek』를 위해서 일할 때에는 현지에 통신원이나 연결책이 있는 경우가 많았다. 어쨌거나 현지에 도착하면 일단 다른 사진가나 기자 들을 만나봤다. 최대한 많은 사람들에게 의견을 들었다. 당시에는 일이 훨씬 단순했다. 세계가 양분되어 있었기 때문이었다. 상황을 파악하는 첫 단계는 소련과 미국의 냉전 속에서의—프랑스는 늘 이 맥락에서 따로 노는 별개의 작은 세력이었다.—지정학적 일관성을 따지는 것이었다. 그다음에 사진을 열심히 찍고 공항에 가서 본국으로 돌아가는 여행자에게 필름을 전해달라고 맡긴다. 항상 필름을 책임지고 전해주겠다는 고마운 사람을 찾을 수 있었고, 필름을 중간에 분실한 적은 단 한 번도 없었다. 감마 에이전시에 가입자 전신으로 어떠어떠한 사진을 보냈는지, 필름 운반책 승객의 인상착의가 어떠한지 알려주면 에이전시 쪽 사람이 오토바이를 몰고 공항 도착 게이트 앞에서 기다리고 있다가 필름을 인수하는 거다. 그렇게 필름이 무사히 에이전시에 도착하면 그날 현상이 끝나는 대로 언론사들에 보냈다.

세상 어느 곳에서 무슨 일이 일어났다 싶으면 나는 당장 그리로 출동했다. 가령 콩고에 파견을 갔다가 귀국 일정을 미루고 곧장 수단이나 이집트로 넘어가기도 했다. 감마 에이전시는 운 좋게도 그곳에서 일할 수 있게 된 사진가들에게 명실상부한 배움의 터전이었다. 나는 플로리스에게 많은 것을 배웠다. 그리고 다시 한 번 말하지만 사진을 업으로 삼기 전에 내가 했던 공부가 기막히게 요긴한 밑거름이 되었다. 일을 깊게 파고드는 감각을 익혔다고나 할까. 오랜 세월 일하다 보니 몇몇 나라들은 아주 잘 알게 됐고, 톱니바퀴처럼 맞물려 돌아가는 여러 요소들을 파악하게 됐다. 그러자 변화하는 우리 세계에서 떠오르는 쟁점들이 보였다.

사진,
내가 살아가는 방식

　나를 '사진 기자'라고 말하는 사람들이 더러 있다. 그건 사실이 아니다. 또 나를 '투사'라고 부르는 사람들도 더러 있다. 그 또한 사실이 아니다. 유일한 진실이라면, 사진이 내 인생이라는 거다. 내 사진들은 모두 내가 강렬하게 살았던 순간들과 상응한다. 그 모든 이미지가 존재하는 이유는, 어느 누구의 인생도 아닌 나의 인생이 그 사진들을 찍게끔 밀어붙였기 때문이다. 내 안의 분노에 이끌려 그 사진들의 현장까지 갔다. 때로는 이데올로기가 나를 인도했고, 때로는 단순한 호기심이나 그곳에 가보고 싶다는 생각이 앞섰다. 나의 사진은 결코 객관적이지 않다. 여느 사진가들과 마찬가지로 나 또한 내 감대로 사진을 찍는다. 머릿속을 스치고 지나가는 아이디어, 내가 그때그때 경험하고 생각하는 바에 따라 사진을 찍는다는 얘기다. 그리고 책임도 내가 진다.

　물론, 내 사진들은 모두 다 궁극적으로는 어느 매체에 실린다. 언론은 나의 일차적인 버팀목이자 나의 지표다. 하지만 나에게 사진 작업은 이미지를 발표하는 것보다 훨씬 큰 의미가 있다. 어느 한 신문을 위해서 하나의 주제로 나흘이나 닷새, 기껏해야 일주일을 일한다. 특히 요즘의 보도 사진 작업 방식은 더욱더 그렇다. 하지만 내 작업에는 딱히 끝이 없다. 나는 오랜 세월 동안 일정한 간격을 두고 여러 회에 걸쳐서 사진으로 이루어진 이야기들을 작업하는 게 좋다. 나비처럼 이리저리 쏘다니며 여러 가지 주제들 사이를 널뛰는 것보다는 하나의 주제를 5~6년씩 깊이 파고드는 게 좋다. 사진으로 이야기하는 방법은 단 하나, 같은 장소에 여러 번 가보는 것뿐이다. 사진가는 그러한 변증법을 통해서 진전을 본다. 나는 40년 넘게 그런 식으로 일해왔다. 그로써 나의 작업은 일관성을 띠게 되었다. 그러한 일관성에는 나의 정서적 안정도 큰 몫을 했다. 사랑하는 여자와 내 삶의 전부를 함께했기에 그럴 수 있었다. 우리가 우리 아이들과 더불어 함께할 수 있었던 그 모든 것이 힘이 되었다. 이제 와서 지난 날을 돌아보니 나다운 모습, 나의 일, 나의 뿌리가 이루는 조화가 보인다. 물론 그 시절에는 그냥 열심히 한다는 생각밖에 없었지만 말이다.

렐리아와 나는 금전적으로 넉넉하지 않았기 때문에 처음에는 생활고도 겪었다. 하지만 나는 경제학자로서의 이력을 포기한 것을 후회하지 않았다. 세월이 흘러도 그 마음은 변치 않았다. 나는 지금도 사진이 좋고 레이아웃이 즐겁다. 게다가 사진은 내가 항상 역사의 흐름을 따라갈 수 있게 해주었다. 어쩌면 언젠가는 또 다른 언어가 사진을 대체할지 모른다. 하지만 그전까지는 사진이 이 일을 하는 모든 이에게 잊지 못할 순간들을 선사한다. 그러한 삶은 특권이다.

사진가들과 가장 비슷한 부류로는 건축가들을 꼽고 싶다. 내가 그런 생각을 하게 된 것은 렐리아가 건축 공부를 한 덕분이다. 건축가들도 우리 사진가들처럼 가득 찬 것과 비어 있는 것 사이를 오간다. 우리처럼 빛, 선, 움직임의 문제를 고민한다. 자기 자신의 생활 방식, 이데올로기, 개인사 사이에서 일관성을 추구한다. 그리고 결국 그 모든 것이 한데 이어진다. 바로 여기에 건축의 마법, 사진의 마법이 있다. 영화나 텔레비전 방송과 달리 사진은 연속되는 컷들이 아니라 분할된 컷들을 만들어낸다. 그 몇 분의 1초, 그 찰나만으로도 온전한 이야기를 들려준다. 내가 마주친 인물의 인생, 지금 그가 하고 있는 행위가 나의 사진 속에서 눈빛과 표정으로 이야기된다.

좋은 사진을 찍으려면 찍는 사람이 즐거워야 한다. 정말로 아프리카를 좋아하지 않고는 그 대륙에 자기 인생의 5년을 뚝 떼어 바칠 수 없다. 정말로 관심이 가지 않고는 그곳에서 일하는 사람들을 아무리 바라보려고 노력해봤자 소용없다. 광산 한 군데서 몇 달을 내리 있으려면 보통 의욕 가지고는 안 된다. 그 일을 정말 좋아해야 한다. 사진가와 함께 사는 사람들은 누구나 그 사실을 잘 안다. 세상에서 제일 피곤하고 지루한 일이 사진가를 따라다니는 거다. 몇 시간을 꼼짝 못하고 뷰파인더만 들여다보는 날이 부지기수다. 난 그렇게 오랜 시간 버티고, 레이아웃을 잡고, 빛을 철저하게 파헤치는 작업이 정말 좋다. 그다음 일은 모두 암실에서 이루어진다. 내가 느끼는 감정을 실재하지 않는 언어로 재구성하는 작업이라고나 할까. 흑백 사진이란 다양한 농도의 회색들로 그리는 추상화抽象畵이기 때문이다. 옛날에는 나 혼자 암실에 틀어박혀 이 즐거움을 누렸다. 하지만 요즘은 도미니크 그라니에에게 아날로그 사진 인화를 일임한다.

디지털카메라를 쓰기 전에는 장기 르포르타주 촬영을 떠날 때마다 금속통에 되감아 고이 들고 온 필름의 결과물을 확인하기까지 몇 달씩 기다려야만 했다. 나는 파리에 돌아와서야 현장에서 느낀 마법이 필름에 잘 담겼는지 확인할 수 있었다. 내가 어떤 마을에 들어가 주민들과 한동안 같이 살고 마을 행사에도 참여하면서 간절히 기다리던 이미지를 잘 담아냈는지 그렇지 못했는지 알려면 그렇게 오랜 시간이 걸렸다. 때로는 한 자리에서 몇 시간씩 꿈쩍도 안 하고 기다리고 애를 태웠다.

사진가는 주위에 완벽하게 녹아들어가면서부터 이제 예기치 못한 무엇인가를 목격하게 된다는 것을 안다. 사진가가 풍경 속에, 상황 속에 묻히면 비로소 이미지의 구상이 그의 눈앞에 떠오른다. 하지만 그 구상을 보려면 사진가 자신이 현상現象의 일부가 되어야 한다. 그때부터 모든 요소들이 그를 위해 작동하기 시작한다. 그 순간이 얼마나 경이로운지! 프랑스 철도청SNCF 기업운영위원회에서 의뢰한 책을 작업할 때의 일이 생각난다. 나는 프랑스 중앙 산지의 오리야크 역에 있었다. 역무원들은 스무 명 정도 되었다. CGT에 있는 친구 앙투안 드 지아글리스가 나와 함께 갔는데, 그 친구가 이런 말을 했다. "봐, 세바스치앙, 역 전체가 자네 카메라와 함께 작업하고 있어." 정말로 그랬다. 저마다 자기 자리에서 맡은 바 소임을 다하고 있었을 뿐인데도 마치 우리 모두가 한데 연결되어 거대한 연극 무대를 구성하는 기분이 들었다. 우리가 다 함께 한 편의 작품을 연기하는 것 같았다. 사진은 그런 거다. 어느 한순간, 모든 요소가 이어진다. 인물, 바람, 나무, 배경, 빛이 어우러진다.

셔터를 누르는 순간, 그 몸짓에 온전히 내가 실린다. 정말 마법 같다. 그건 지극히 개인적인 기쁨이다. 지금은 나도 많이 늙어서 어시스턴트나 길동무가 필요하다. 하지만 아주 오랫동안 나는 홀로 작업을 했다. 라틴아메리카에서도 나 혼자 산골 벽촌에 들어가 몇 달을 인디언들하고 살았다.

'다른 아메리카들'

　나의 사진 인생, 아니 그냥 인생 자체에서도 남아메리카는 아프리카 못지않게 큰 비중을 차지한다. 감마 에이전시에서 내가 남아메리카를 주제로 삼기 시작했을 때만 해도 이 대륙에 관심을 보이는 사람은 없었다. 그렇지만 내겐 남아메리카에 간다는 것이 중요했다. 나는 남아메리카 국가들을 카메라에 담고 싶었다. 그건 내가 나고 자란 문화에 다시 접근하는 수단이었다. 그 국가들은 브라질과 다르지만 나는 그 아메리카 대륙을 느끼기를 원했다. 칠레, 볼리비아, 페루의 산맥 이야기는 어릴 때부터 많이 들었다. 그 산맥은 나의 환상 세계의 일부가 되어 있었다. 거기 꼭 가봐야 했다. 거기서 살아봐야 했다. 그래서 나는 갔고, 1977년부터 1984년

사이에 여러 차례 재방문했다. 에콰도르, 과테말라, 멕시코도 다녀왔다. 1979년부터는 사면을 받은 덕분에 브라질로 돌아가 조국을 카메라에 담을 수 있게 되었다. 다양한 인디언 공동체들을 돌아다니며 작업할 수 있어서 좋았다. 도시나 농촌의 일꾼들도 만났고, 산골 사람들도 만났고, 본토박이 소수 민족들도 만났다. 브라질 북동부 지역 세르탕sertão•의 가죽 옷을 걸친 원주민들이 끔찍하게 척박한 땅에서 살아남기 위해서 어떻게 투쟁하는지 지켜보면서 그네들의 신비 신앙을 접했다. 안개에 휩싸인 멕시코의 시에라마드레 산맥도 넘어봤다. 그 작업은 7년이 걸렸지만 내가 종종 말하듯이 700년은 걸린 것 같다. 시간이 과거의 리듬대로 흐르는 문화권들을 두루 돌아볼 수 있었기 때문이다.

워낙 다양한 인디언들에게 다가가야 했기 때문에 매번 몇 달은 예사였다. 계획을 세우고, 르포르타주를 준비하고, 원주민들과 만나게 해줄 연결책들을 찾아서 접선했다. 그다음에는 그 마을들로 찾아갔다. 비행기에서 내린 다음부터는

• '내륙 오지'를 가리키는 포르투갈 어.-역자 주

현지인들과 똑같이 버스를 타고 다녔다. 버스도 안 다니는 지점에서부터는 내 발로 걸어갈 수밖에 없었다. 깊은 산속에 처박힌 마을은 거기까지 가는 데에만 매번 며칠이 소요되었다. 현장에 도착하면 비록 사전에 촬영 허가를 받았더라도 마을 사람들이 나를 받아줄 때까지 서두르지 않고 넉넉히 시간을 들였다. 인디언들은 위대한 문화를 가졌음에도 대다수가 우리의 서구 문명에 말살당했다. 그래서 그들은 아직도 경계심을 늦추지 않는다. 그들을 사진 찍고 싶다면 먼저 오래 얘기를 나눠보고, 함께 어울려 지내야만 한다.

집에서 몇 달씩 떠나 있으면 아내가 보고 싶어 견딜 수 없었다. 내 아내 렐리아, 그리고 그때만 해도 아직 아기였던 아들 줄리아누가 자주 생각났다. 남모르게 구석에 처박혀 눈물 훔친 적이 몇 번이었던가! 그런데도 사진을 찍으러 떠날 때마다 나는 기쁨을 주체할 수 없었다. 그토록 큰돈을 들여 먼 길을 떠나와놓고 현장에 달랑 며칠 있다 돌아가야 되겠는가. 나는 그 고산 지대에서 아주 많은 것을 배웠다. 그곳은 아주 추웠다. 밤에는 농담이 아니라 얼어 죽을 것 같았지만—몇 년이 지나서야 나는 진짜 성능 좋은 침낭을 샀다!—
황홀하게 아름다운 것들을 많이 보았다. 훌륭한 정신과 문
화를 차고 넘치도록 발견했기에 나는 인디언들과의 작업을
조금도 후회하지 않는다.

　거기서 찍어온 사진들은 결코 나 혼자 일궈낸 결과가 아니
다. 원주민들이 내게 사진 찍는 것을 허락해주었기에 가능
한 일이었다. 그 사진들은 그들이 내게 준 선물이었다. 나는
느긋하니 그들과 함께 지냈기에 그런 선물을 받았다. 그렇
기 때문에 아무도 데려가지 않고 혼자 간다는 조건이 중요
하다. 인간은 부화뇌동하는 동물인지라, 홀로 낯선 환경에
떨어지면 현지인들에게 빨리 동화된다. 춥고, 배고프고, 가
족이 보고 싶을 때면 나는 그들에게 솔직하게 고백했다. 내
가 없는 동안 무럭무럭 자라고 있을 우리 아들 얘기도 스스
럼없이 했다. 요컨대, 그들이 그 이미지들을 나에게 나누어
준 것처럼 나도 그들과 중요한 것을 함께 나누었다. 그들은
내게 사진들을 주었고, 나는 그들에게서 사진들을 받았다.
내게는 진정한 힘이 어려 있는 사진들이다. 그 사진들을 볼

때마다 내가 그때 느낀 외로움, 그리고 인디언들이 내게 주었던 위안이 떠오른다. 그 사진들은 생면부지의 관객들에게도 이따금 그러한 힘을 전해준다. 인디언들의 삶, 그리고 우리가 함께 보낸 시간의 힘이다.

나는 프랑스에 돌아와서 처음에는 아무도 관심을 보이지 않았던 이 르포르타주 작업으로 파리 시청에서 주는 상을 받고 사진집까지 내게 됐다. 그렇게 해서 콩트르주르 출판사에서 클로드 노리Claude Nori와의 협업으로 나의 『다른 아메리카들』이 출간되었다. 클로드 노리는 본인이 사진가로 활동하기도 하지만 굉장히 뛰어난 사진집 편집자이기도 하다. 그는 로베르 두아노Robert Doisneau, 윌리 로니스Willy Ronis, 장루 시에프Jeanloup Sieff 등과도 작업을 했다. 그가 오랫동안 일을 그만두었던 것은 유감이지만 다행스럽게도 지금은 다시 출판계에서 활동 중이다. 파리 시청상 수상집은 표지 사진 외에 49점의 사진을 실을 수 있게 되어 있었다. 이 사진집이 렐리아가 맨 처음 구상하고 작업한 책이다. 우리의 첫 책이기도 했다. 그리고 1986년에는 파리 시에 있는 '라틴아

메리카의 집'에서 전시회도 열었다. 그 후 전시회는 세계 각

지로 장소를 옮겨가며 열렸다.

절망에 빠진
세계의 이미지들

1984년에 국경없는의사회MSF는 사헬 지대 사막화로 고통 받는 사람들을 위한 식량 및 의료 지원 캠페인을 대대적으로 벌였다. 나는 MSF와 함께 18개월간 말리, 에티오피아, 차드, 수단에서의 르포르타주에 참여했다. 그때 찍은 일련의 사진들은 굶주림과 갈증, 혹은 전쟁에 피폐해진 이 지역 사람들의 삶을 보여주었다. 그들은 삶의 터전을 떠나 수용소로 마구 몰려들었다. 당시 에티오피아에서 가장 큰 곳이었던 코렘 수용소에는 난민이 8만 명이나 운집해 있었다. 나의 사진들은 국제적인 언론 매체에 실렸다. 『리베라시옹 Libération』지는 우리의 활동을 밀착 취재했고 나는 당시 이 신문사 사진부장이었던 크리스티앙 코졸과 직접 일했다. 사진들이 매체를 타면서 인도주의적 대의를 드높이는 데에도 큰 도움이 되었다. 1985년에 나는 이 작업으로 월드프레스 상과 오스카 바르낙 상을 받았다. 이듬해에는 프랑스에서 로베르 델피르가 『사헬, 비탄에 빠진 인간Sahel, L'homme en détresse』라는 제목의 책을 국립사진센터에서 발간하자는 아이디어를 냈다. 1988년에 렐리아는 MSF 스페인 지부를 위해서 이 시리즈의 두 번째 책 『사헬, 길의 끝에서Sahel, El fin del camino』를 구상했다.

나는 비참하게 살아가는 이들과 난민들에 대한 르포르타주를 다수 추진했다. 나의 사진 이야기가 늘 그렇듯, 나는 항상 그 사람들을 위해서 일하는 비영리 단체나 기구를 매개로 그들에게 먼저 받아들여지고자 노력했다. 사람들을 만나고 이야기를 나누는 데 시간과 공을 들였다. 항상 자신들의 환경 속에서 행동하는 사람들을 피사체로 삼았다. 내가 그들에게 포즈를 취해 달라고 한 적은 한 번도 없지만 그들은 자신이 찍히고 있다는 것을 잘 알고 있었고 암묵적으로 촬영을 허락해주었다. 한 장의 사진이 어떤 식으로든 세계의 빈곤을 바꿀 수는 없다. 하지만 나의 사진은 글, 영상, 인도주의적 단체나 환경 단체의 활동과 함께함으로써 폭력, 배척, 환경 문제를 고발하는 광범위한 차원의 사회 운동에 참여했다. 이러한 홍보 방식은 우리가 인류의 운명을 바꿀 수 있다고 생각하는 이들의 감수성을 효과적으로 자극한다.

나는 북반구 출신이 아니기 때문에 선진국에서 나고 자란 일부 동료들이 느끼는 죄책감과는 관련이 없다. 나는 죄책감 때문에 물질적 가난을 카메라에 담는 것이 아니다. 가난은 내가 살던 세계의 한 부분이었다. 좌파가 정권을 잡은 후, 특히 룰라가 추진력을 발휘하고서부터는 브라질도 경제 발전의 궤도에 올랐다. 하지만 내가 어릴 때 살았던 브라질은 후진국이었고 조국을 떠나기 직전까지도 나는 가난이 도처에 만연해 있는 모습을 목도했다. 나는 항상 북반구와 남반구에 부가 재분배되는 양상이 불공평하다고 생각해왔다. 지구의 반쪽으로 부가 쏠리고 나머지 반쪽은 늘 빈털터리라니, 부당하지 않은가. 나는 부자 나라 사람들에게 아프리카의 기아 실상을 보여주고 싶었다. 그들 자신이 이 세상의 불균형의 결과라는 의식을 촉구하고 싶었다. 브라질의 땅 없는 농민들의 목소리를 들려주고 싶었던 이유도 다르지 않았다.

　1979년에 겨우 브라질로 돌아갈 수 있게 되었는데 조국의 빈곤은 충격적이었다. 1964년부터 1984년까지의 독재 정권 하에서 브라질 농촌의 소규모 자영농들은 대부분 '호가(好價)'에 눈이 어두워 농업 대기업에 땅을 넘겼지만 당시의 초 인플레이션에 발목을 잡히고 말았다. 땅을 판 돈이 돈값을 못하다 보니 사실상 땅을 빼앗긴 거나 진배없었고, 농민들은 그 후로 형편이 극도로 어려워졌다. 내가 브라질에 돌아가서 맨 처음 찍은 사진들은 소위 '보이아스 프리아스boias frias●'로 통하는 이 농민들의 삶을 적나라하게 보여주는 것이었다. 그들이 팔아넘긴 농지는 대단위로 재편성되었고 그들은 토지의 소유에서 완전히 배제되어 있었다. 하지만 오랫동안 브라질 현지에서는 가톨릭 해방 신학 단체만이 이 문제를 두고 목소리를 높였다. 그러다 농업노동자연맹

● '찬 것을 먹는 사람들'이라는 뜻으로, 차가운 음식으로 점심을 때우며 일하는 저임금 노동자들을 가리킨다.-역자 주

FETAG 같은 공익을 추구하는 단체들이 불우한 이들의 편에 섰다. 그들은 이 같은 불의에 대한 저항의 목소리를 들려주었다.

1984년에 무토지농민운동MST이 설립되었다. 브라질 농촌 인구 가운데 자기 땅이 없는 농민은 480만 가구에 해당한다. 나는 15년 동안 그들의 주장을 주시하며 사진으로 기록해왔다. MST는 브라질 국토에서 경작을 하지 않고 내버려둔 땅을 조사·집계했다. 그들은 이 땅을 점유하고 경작한다. 정부가 이런 땅을 매입해서 빈농이 자기 땅을 가질 수 있도록 지원해야 한다는 것이 그들의 주장이다. 1996년에 나는 브라질 남부 파나마 주에 가서 1만 2000명의 농민(약 3200가구)이 8만 3000헥타르의 농지를 점유한 현장을 보았다. 이 8만 3000헥타르 가운데 원래부터 농사를 짓던 땅은 1만 2000헥타르에 불과했다.

MST는 합법적으로 활동했고 누구에게도 피해를 주지 않았다. 이 단체는 지주가 아무 용도 없이 놀려두는 땅만 점유했다. 브라질 헌법에는 "토지의 사회적 기능을 충족하지 않은 채 토지를 소유해서는 안 된다."라고 명시되어 있다. 그래도 거대 지주들이 거칠 것 없이 법을 무시했다. 대부분의 지주들이 경찰이나 폭력배를 앞세워 땅을 점유한 농민들을 쫓아냈던 것이다. 그럼에도 불구하고 MST 활동 덕분에 그렇게 놀고 있던 땅의 상당 부분이 재분배되는 성과가 있었다. 당시 약 20만 가구가 조금이나마 자기 땅을 갖게 됐다. 그렇게 15년이 흐르고 나니 내가 찍은 사진들이 전하는 이야기가 보였다. 렐리아는 주제 사라마구José Saramago의 글, 시쿠 부아르키Chico Buarque의 노랫말, 나의 사진을 한 권의 책으로 엮어냈다. 1996년에 발간한 이 책 『테하Terra』는 MST를 위해 여럿이 힘을 합쳐 쓴 선언문이라고 해도 과언이 아니다. 렐리아는 더없이 독창적인 사진전을 구상했다. 어디서나 벽에 붙이기만 하면 작품을 보여줄 수 있는 포스터 50종을 2000세트 한정 발매한 것이다. 포스터 제작 목적은 기금을 모으는 것이었지만 이 땅의 투사들의 역사를 널리 알린다는 의미도 있었다. 전시회와 포스터 판매전은 미국, 유럽, 아시아에서 두루 열렸다. 모든 수익금은 MST에 기탁했다. 프랑스, 이탈리아, 스페인에서는 인간의 형제회 Frères des hommes와 함께 순회 전시회도 열었다.

내 사진은 한 장 한 장이 하나의 선택이다. 극도로 어려운 상황인 줄 알면서도 그곳에 가기를 원해야 한다. 그 현장에 자신이 존재한다는 것을 수용해야만 한다. 사태에 가담하고 말고를 떠나서, 자기가 왜 그 자리에 있는지는 늘 똑똑히 인식해야 한다. 땅 없는 농민들의 추이를 살피는 것은 내가 그들의 운동에 참여하는 하나의 방식이었다. 아프리카의 기아를 보여주는 것도 부조리를 고발하는 하나의 방식이었다. 그 이미지들은 곳곳에서 커다란 반향을 불러일으켰다. 사진은 글쓰기, 번역 없이도 세계 어디서나 읽을 수 있기에 더욱 더 힘 있는 글쓰기다.

매그넘에서
아마조나스 이미지스로

감마 에이전시에서의 동료 장 고미Jean Gaumy가 1977년에 매그넘 에이전시로 소속을 옮겼다. 그다음 해에는 레몽 드 파르동이 매그넘으로 갔다. 나는 감마 에이전시에 무척 만족하고 있었다. 에르베 타르디와 함께 설립한 잡지부에서 우리는 멋지게 일을 해내고 있었다. 그렇지만 나도 결국 1979년에 매그넘에 포트폴리오를 제출했고 그쪽에서 승낙 의사가 떨어졌다. 당시 렐리아는 둘째 아이 로드리구를 임신 중이었다.

내가 매그넘에 들어간 지 며칠 안 되어 렐리아는 출산을 했고 우리는 아이의 21번 염색체가 세 개라는 것을, 요컨대

다운증후군이라는 것을 알게 됐다. 로드리구가 태어나면서 우리는 장애의 세계로 넘어왔다. 전에는 그 세계를 전혀 몰랐다. 우리는 그 세계를 발견하고 우리 것으로 삼아야 했다. 우리 생애에서 가장 위대하고 고통스러운 모험 중 하나였다. 그 모험에서도 우리는 많은 것을 배웠다. 나는 로드리구와 참 많이 웃었다. 로드리구는 참 사랑스럽고 재미있는 아이다. 마음이 따뜻하고 정이 많은 보석 같은 아이다. 그 애가 없었다면 내 사진은 지금과 아주 많이 달라졌을 거라고 믿어 의심치 않는다. 로드리구가 있었기에 나는 얼굴들을 전과 달리 보게 되었고 존재들에게 다른 방식으로 다가가게 되었다.

감마 에이전시가 나에게 사진을 가르쳐준 위대한 학교였다면 매그넘 에이전시는 나에게 발전의 기회를 준 곳이다. 렐리아는 도시계획학 석사를 마치고 매그넘 갤러리에서 전시회 기획 일을 하게 됐다. 그녀는 여기서 아주 좋은 경험을 쌓았다. 독일 『게오Geo』지는 매그넘 에이전시에서의 나의 첫 르포르타주를 의뢰했다. 현장은 기아나였고, 컬러 사진을 보내야 했다. 나의 흑백 사진에 대한 사랑은 익히 알려져 있지만 사진가 이력 초기에서 '인간의 손' 연작에 착수하던 시기까지는 컬러 작업도 많이 했다. 내가 마지막으로 발표한 컬러 사진은 1987년, 그러니까 『라이프』지에서 의뢰한 소비에트 혁명 70주년 르포르타주였다. 그때도 사실 나는 흑백 르포르타주를 제안했고 편집부에서도 좋다고 했다. 그렇지만 매그넘 에이전시 편집자 지미 폭스가 내게 자료 보관 차원에서 컬러 사진도 몇 장 찍어오라는 요청을 했다. 나는 모스크바에서 흑백, 컬러 가릴 것 없이 촬영분 전체를 뉴욕 『라이프』본사로 보냈다. 그쪽에선 필름을 전부 다 현상했고, 나의 최초 제안을 까맣게 잊은 채 붉은 광장에서의 행렬과 불꽃놀이 컬러 사진을 두 페이지에 꽉 차게 내보냈다. 그게 가장 마지막으로 매체에 발표된 나의 컬러 사진이다.

나는 매그넘에 15년을 있었다. 풍요롭고 생산적인 시기였지만 분위기는 매우 경쟁적이었다. 매그넘에서 에리히 하르트만Erich Hartmann, 앙리 카르티에 브레송Henri Cartier-Bresson, 에릭 레싱Eric Lessing, 조지 로저George Rodger 같은 위대한 사진가들을 만났고 그중 레싱과 로저는 나와 둘도 없는 친구가 되었다. 나는 그렇게 대단한 인물들과 어울릴 수 있어서 기뻤지만 터무니없는 싸움판도 한두 번 목격한 게 아니다.

매그넘에 합류할 즈음에는 이미 웬만한 언론사들과는 다 일을 해본 경험이 있었다. 그래서 1981년 3월에는 『뉴욕타임스』에서 로널드 레이건 대통령 취임 100일 르포르타주를 의뢰받았다. 레이건은 1980년 11월에 대통령으로 선출된 참이었다. 3월 30일, 워싱턴에서 미 대통령은 백주 대낮에 총격을 받았다. 그 자리에 있었던 나는 카메라 셔터를 눌러댔다. 어느 정신병자가 대통령과 그 일행들 쪽으로 권총을 여섯 발 쏘았다. 레이건은 총에 직접 맞진 않았지만 차에 튕겨나온 총알이 가슴팍에 박히는 중상을 입었다. 대통령은 피습 몇 시간 후 병원에서 총알을 제거하는 수술을 받았다. 이 피습 사건은 나에게나, 당시 재정적으로 곤란을 겪고 있던 에이전시 측에나 대단한 호재였다. 그때 찍은 사진들은 한 장도 남김없이 다 팔렸다! 피습 당일, 사건이 발생하고 몇 시간 후에 백악관으로 들어가다가 로버트 케네디 피습 당시 현장에 있었다는 사진가를 만났다. 그는 자기를 그렇게 소개했다. 심지어 명함에까지 로버트 케네디 피습 사진을 찍은 사람이라고 박혀 있었다. 위험하다는 생각이 번쩍 들었다. 나는 오랜 세월 아프리카를 카메라에 담았고 라틴 아메리카를 심도 깊게 취재해왔다. 그런데 이제 레이건 피습 사진을 찍은 사람으로 빼도 박도 못하게 굳어질 참이었다. 그래서 렐리아와 나는 그 후로 다시는 그 사진들을 발표하지 않기로 결정했다. 그렇지만 솔직히 고백하겠다. 그 '대박'이 의뢰를 받지 않고 개인적으로 행하는 르포르타주 작업, 요컨대 내가 진정으로 마음에 두고 있던 작업을 추진하는 데 큰 도움이 되었다는 것을.

매그넘 소속 사진가들은 매우 많았다. 그들의 작업 방식은 각기 다 달랐다. 21세기 초가 되자 매그넘 에이전시가 설립되던 1948년 당시의 세계, 당시의 인쇄 방식은 더 이상 찾아볼 수 없었다. 변화가 필요했다. 그때그때의 뉴스거리가 아니라 세계의 흐름을 추적하는 작업을 하는 사진가는 나 한 사람만이 아니었다. 질 페레스Gilles Peress, 아바스Abbas, 제임스 낙트웨이James Nachtwey 등도 있었다. 우리의 작업 방식은

『내셔널 지오그래픽』 같은 컬러판 잡지들을 겨냥한 작업 방식, 혹은 광고 사진이나 연차 보고서 사진을 찍는 방식과 전혀 달랐다. 사진가들마다 다른 특수한 요구에 부응하고 그들의 자료를 효율적으로 관리하고 사진을 잘 판매할 수 있도록 분리와 배치가 이루어져야 했다. 나는 매그넘에 제작 단위들을 신설하자고 제안했다. 수익성과 일관성을 모두 거둘 수 있는 방법이라고 생각했다. 내 아이디어는 받아들여지지 않았다. 마음을 결정하기까지 2년이나 걸렸지만 결국 매그넘에서 나왔다.

매그넘 에이전시를 나올 때에는 이미 여러 권의 사진집을 내고 세계적인 미술관에서 전시회를 가진 중견 작가가 되어 있었다. 나는 『파리 마치』, 『라이프』, 『스턴』, 『엘 파이스』와 계약을 맺고 '엑소더스'라고 이름 붙인 새로운 프로젝트에 뛰어들기로 했다. 그래서 나를 중심으로 하는 팀이 필요했다. 매그넘이 이런 식의 팀 단위 제작을 거부했기 때문에 나와 렐리아는 직접 팀을 만들어 일하게 된 것이다.

사진 판매는 세계 여러 나라의 대행사들을 찾아서 일임했다. 우리는 판매는 해본 적이 없었다. 하지만 이야기가 있는 프로젝트를 짜고, 르포르타주를 계획하고 실현하는 노하우는 충분했다. 렐리아는 사진전의 기획 단계에서부터 전시 공간 설계까지 모든 면에 풍부한 경험을 갖추었다. 그녀가 만든 사진집만 해도 여러 권이었다. 우리는 이제 충분히 노련했고 렐리아는 우리만의 독자적인 구조를 만들고 이끌어 나갈 준비가 되어 있었다. 1994년, 우리는 파리 생 마르탱 운하 근처에 아마조나스 이미지스•를 설립했다. 직원은 소수만 뽑았다. 일부 작업은 우리가 잘 아는 현상소에 외주를 주어 처리한다.

• www.amazonasimages.com –저자 주

'인간의 손'

1980년대 중반에 렐리아와 나는 노동에 경의를 표하고 싶다는 마음에서 '인간의 손'이라는 제목의 이야기를 구상했다. 그 취지를 설명하기 위해서 잠시 경제학으로 돌아가보겠다. 모든 생산은 원료, 자본, 노동의 결합에서 나온다. 분석을 좀 더 밀어붙이면 이 세 가지 요소 중에서 노동이 가장 중요하다는 것을 알 수 있다. 가령, 아마존 유역 원주민들은 지금으로부터 5000년 전, 1만 년 전의 생활 방식을 고수하고 있다. 이 원주민들도 생선을 훈연해서 먹을 줄 안다. 대형 마트에서 판매되는 훈제 어류 제품들의 생산 공정도 결국 거슬러 올라가자면 이러한 조상들의 노하우에서 유래한 것이다. 기술의 발달로 인간의 수작업이 기계화되었지만 애초에 인간의 노동이 없었다면 그러한 기술은 존재할 수 없었을 것이다. 한편, 돈은 인간의 노동을 구체적 물질과 등가 관계에 놓음으로써 노동을 자본의 소유로 전락시켰다. 생산에서 노동이 가장 중요한 구성 요소라는 점은 부인할 수 없다. 나는 노동과 노동자를 기리는 일련의 르포르타주들을 기획했다. 그 프로젝트에 5년 동안 전념했지만, 자신이 일하는 모습을 촬영하지 못하게 한 사람은 아무도 없었다. 나는 서서히 사라져가는 생산의 세계를 활발하게 돌아가는 상태 그대로 보여주었다.

나는 인간이 아직도 중요한 힘을 발휘하는 대규모 생산들에 초점을 맞추었다. 우리는 거대한 산업 혁명의 끝물에 와 있었다. 기술의 약진, 이제 막 시작된 전자공학과 로봇공학은 인간의 손을 대체하는 제품들을 슬슬 내놓기 시작하고 있었다. 예를 들어 자동차 산업에서 조립 부품들은 오랫동안 노동자들이 직접 손으로 끼우고 맞췄다. 공장 직원들이 다양한 부품들을 끼우고 볼트로 죄고 하면 한 대의 자동차가 나왔다. 그러다 이 작업을 사람 대신 수행하는 로봇들이 등장했다. 나는 산업 시대가 완전히 밀려나기 전에 이 시대의 시각적 고고학을 복원해보고 싶었다. 그러기 위해 기업형 농업 생산지, 공장, 광산을 두루 찾아갔다. 원료에 노동이 결합하는 모습을 가장 잘 볼 수 있는 곳, 연속 공정 생산이 이루어지는 곳으로 찾아갔다.

1986년부터 1991년까지 『파리 마치』의 로제 테롱과 『엘 파이스』의 알베르토 아나우트를 위시한 여러 편집장들의 후원을 받아서, 또한 그때까지는 적을 두고 있었던 매그넘 에이전시를 통해서 나는 25개국에서 40여 회 르포르타주 작업을 했다. 유럽에서는 갈 데가 별로 없었다. 이미 1980년대부터 유럽 산업은 값싼 노동력을 찾아 중국, 브라질, 인도네시아, 인도 등으로 생산 설비를 이전했기 때문이다. 그런 식으로 어떤 산업의 생산 부문 전체가 우리의 주변에서 홀연히 사라져버리기도 했다. 일례로 프랑스 로렌 지방에서는 그토록 활발했던 금속 공업이 자취를 감추었다. 나는 내 인생의 그 시절을 무척 좋아한다. 노동하는 인간, 생산하고 만들어낸다는 자부심이 있는 인간을 발견했기 때문이다. 강철

한 조각을 다른 조각과 이어붙이고 또 한 조각을 붙이고…… 그렇게 해서 배 한 척도 만들어내는 인간이라는 종의 기발함에 나는 깊은 인상을 받았다. 어마어마한 위업, 가히 믿기 어려운 고도화 아닌가. 물에 띄우기 전까지는 한데 모아놓은 쇠붙이 덩어리에 지나지 않던 것이 물을 만나면 비로소 한 척의 배가 된다. 그리고 필요한 장비들이 갖추어지면 배는 떠난다……. 그 모든 것이 인간이 처음으로 물에 띄울 수 있었던 한 척의 카누에서부터 시작됐다. 결국은 같은 기술이요, 첫발을 떼었다는 위업은 마찬가지다. 그 배가 여러 가지 다양한 제품 혹은 승객을 실어나른다. 배는 세계를 연결한다. 배가 너무 낡아버리면 고철이 부족한 방글라데시나 인도, 파키스탄의 폐선장으로 견인된다. 배가 부서지면 다시 셀 수 없이 많은 금속 조각들이 나온다. 그 금속 조각들이 칼이 되고, 농기구가 된다. 한때 그 배가 바다를 가르며 실어날랐던 사물들과 동일해지는 것이다. 청동 프로펠러가 찻주전자가 되고, 귀걸이가 되고, 근사한 액세서리로 잔뜩 멋을 낸 벵골 아낙네들의 옷에 달린 장식품이 된다. 그 사물들은 한때 세계를 돌았고 싱가포르, 뉴욕, 그 외에도 지구의 곳곳을 방문했었다. 그러한 과정은 극도로 정밀하다. 그 복잡다단함은 믿기지 않을 정도다. 나는 그러한 양상을 관찰하면서 생각했다. '나도 이 희한한 종에 속하는구나!' 하지만 동전에는 양면이 있는 법이다. 배는 탄광과 철광에서 탄생한다고 볼 수도 있다. 탄과 철이 만나 강철이 되고, 강철은 다시 단단한 판들이 되어 배의 모양을 띤다. 탄광과 철광에서 일하는 이들의 폐를 상하게 하는 규폐증은 조선소 노동자들에게서도 자주 발견된다. 동일한 증상을 방글라데시 폐선장 노동자들도 겪는다. 규폐증은 산업 라인 전체로 연결된다. '인간의 손' 덕분에 나는 그러한 생산의 지정학을 보았다.

　나는 이따금 삶을 만들어가는 곳과 죽음을 준비하는 곳이 다르지 않음을 확인했다. 카자흐스탄에서 농업 비료로 쓰이는 인산염과 효과적인 전쟁 무기 네이팜은 동일한 산업 시설에서 생산된다. 방글라데시에서는 조상들의 황마 직조 기술을 이어받아 곡식 자루도 만들지만 참호를 강화하고 병사들을 보호하는 모래주머니도 만든다. 황마로 짠 모래주머니는 총알을 맞아도 모래가 다 쏟아져 내리지 않기 때문에 방벽을 쌓는 데 효과적이다. 브라질의 제당 공업도 참으로 다양한 생산품을 내놓는다. 사탕수수에서는 설탕을 얻을 수도 있지만 석유보다 공해가 적은 연료 메탄올을 얻을 수도 있다. 나는 쿠바의 사탕수수 플랜테이션을 돌아보면서 인간이 사탕수수를 만드는 게 아니라 사탕수수가 인간을 만드는구나 하고 생각했다. 브라질에서도 그렇지만 사탕수수 노동자들은 다들 하나같이 비슷비슷했다. 그들은 일하는 방식뿐만 아니라 옷차림, 행동거지, 심지어 여흥을 즐기는 방식까지도 서로 닮아 있었다.

쿠바의 사탕수수 농장에서 몇 킬로미터 떨어진 곳에서 담배 노동자들을 만났다. 담배 노동자들은 그들대로 또 다른 세계를 이루고 있었다. 그들은 담뱃잎에 가까이 접근하기 위해서 부인용 모자 같은 것을 쓰고 다녔다. 그 담뱃잎들이 쿠바의 유명한 시가, 프랑스의 그랑 크뤼 와인처럼 알아주는 특산품이 되는 것이다. 담배 노동자들은 사탕수수 노동자들과 바로 지척에 사는데도 완전 딴판이었다. 그들은 오히려 포도주 양조 노동자들과 유사했다. 과연, 인간이 상품을 만드는 게 아니라 상품이 인간을 만들었다. 담배 제조업은 굉장히 섬세한 일이어서 실무적인 노하우를 요했다. 가령 담뱃잎을 마는 동안에는 꼭 누군가가 이야기를 하곤 했다. 옛날에는 아서 왕의 전설 등이 단골 레퍼토리였다고 한다. 내가 담배 노동자들을 만나러 갔을 때에는 레닌과 마르크스의 생애, 그 밖의 정치 혁명 일화들을 들을 수 있었다. 어떤 이야기를 하든지, 그것이 완벽한 결과물을 얻기 위해서 노동자들이 작업에 집중하도록 돕는 역할을 한다는 것만은 변함없다. 그러한 생산 체계는 내 눈으로 보고도 믿기지 않았다!

나는 향 제조업이 성행하는 레위니옹 섬에도 40일을 체류했다. 그곳에서 베티베르•와 제라늄 에센스를 어떻게 만들고 바닐라를 어떻게 포장하는지 알게 됐다. 나는 아침마다 '위쪽 농부들(레위니옹 섬 고지대 주민들)'과 함께 나왔다가 저녁이

• 볏과의 여러해살이풀. 높이는 2미터 정도이며 뿌리에 들어 있는 기름은 향수의 원료로 쓴다. -역자 주

면 그들과 함께 퇴근했다. 나는 그곳 마을 현지인의 집에 방을 한 칸 빌려서 살았다. 언제나, 어느 나라에서든, 어떤 산업 분야에서든, 나는 서두르지 않았다. 시칠리아 섬의 참치잡이 어부들과도 며칠을 어울려 지냈고, 갈리시아 해에서는 해녀들의 몸짓을 오랫동안 지켜보았다. 라자스탄 운하에서는 얼굴을 완전히 가린 채 일하는 여인들을 기다렸고, 지옥을 방불케 하는 쿠웨이트의 한 유전에서는 일하는 노동자들을 따라갔다. 나는 이 사람 저 사람과 대화를 나누면서 많은 시간을 보냈고 그들을 이해하려고 노력했다. 그렇게 좀 지내다 보면 어느새 나는 그들과 친근해졌고 비로소 그들의 배경 속에 웬만큼 묻힐 수 있었다.

어떤 경제 활동 분야에서든 르포르타주를 진행할 때에는 거대 산업들을 선택했다. 나의 목표는 노동력을 대대적으로 동원하는 산업 세계의 황혼을 보여주는 것이었기 때문이었다. 그 안에 파고드는 것은 비교적 쉬웠다. 그래서 나는 1989년에 중국에 가서 대규모 생산 설비들을 방문했다. 베이징에서 톈안먼天安門 사태가 일어난 바로 그때였다. 하지만 나는 그전에도 중국에 갔었고 그쪽에도 웬만큼 알려져 있었다. 브라질 출신이라서 그랬는지는 모르지만 나는 중국에서 한 번도 촬영에 어려움을 겪은 적이 없었다. 브라질은 냉전의 논리에서 제외된 나라였으니까. 나는 소련에 촬영을 하러 갈 때에도 늘 무리 없이 허가를 얻었다. 촬영을 위한 방문임을 미리 알리고 그 체제의 논리를 따라주기만 하면 되었다. 수많은 관료들을 쭉 거치면서 나의 요청이 받아들여지기를 기다리기만 하면 되었다. 대개 첫 번째 관문에서 퇴짜를 맞지 않는 한, 그 나머지 관문들은 별문제가 되지 않았다.

이 연작 르포르타주의 일환으로 미국 사우스다코타 주의 도살장에도 갔었다. 지독한 경험이었다. 시간당 1000마리의 돼지가 죽어나가고 하루에 2000마리의 소가 도살당한다. 그곳의 노동자들은 창문도 없는 공간에 틀어박혀 피비린내 나는 살상 행위를 쉴 새 없이 반복했다. 구역질 나는 악취가 진동했다. 첫날 나는 사진 한 장 못 찍고 계속 토하기만 했다. 소시지 가공 공장에서의 기억이 어찌나 강렬한지 나는 지금도 핫도그를 먹지 못한다. 그 공장 근로자들은 상당히 높은 보수를 받는 편이지만, 그들이 하는 일은 내가 보았던 모든 연속 공정 노동 중에서도 가장 힘든 축에 들었다.

낙원처럼 아름다운 자바 섬에서 나는 왕복 50킬로미터를 걸어다니는 노동자들을 보았다. 그들은 쌀 플랜테이션, 정향 플랜테이션, 열대 우림을 지나서 해발 2300미터까지 올라갔다가 다시 600미터를 내려간다. 그들은 이렇게 유황이 많이 나는 카와이젠 화산의 아가리 속으로 들어간다. 유독가스가 뿜어나오기 때문에 진짜 독 구름이 뭉게뭉게 일어난다. 절대로 코로 숨을 쉬면 안 되고 입으로만 숨을 쉬어야 한다. 이 노동자들은 알량한 보호책이랍시고 천 조각 한 장을 입에 물고 일할 뿐이다. 그래도 오래 일한 사람들은 치아가 다 녹아서 하나도 없다. 60킬로그램도 안 되는 사내들이 바구니 하나에 70~75킬로그램씩 유황을 싣고 간다. 그들은 대나무 막대 양쪽에 그런 바구니를 하나씩 달고서 다시 600미터를 걸어올라가 겨우 분화구에서 벗어난다. 거기까지 올라가는 데에만 두 시간이 걸린다. 그다음에는 달리다시피해서 화산에서 내려온다. 그렇게 속도를 내서 내려오지 않으면 바구니 무게에 짓눌려 움직일 수가 없다. 이렇게 위험천만한 일이 또 있을까. 어떤 이들은 무릎뼈가 다 나갔다. 그 무렵, 그 노동자들은 유황을 한 번 실어오는 대가로 3.50유로를 받았다. 그렇게 하루 일을 하면 상한 몸을 추스르기 위해 이틀을 쉬어야 한다. 그런 식으로 한 달을 일해야 딱 살아갈 수만 있을 만큼 번다. 금광과 탄광 노동자들과 지냈던 시절도 내게 결코 잊지 못할 기억으로 남았다.

광산
세계

브라질 북부의 파라 주 세라 펠라다 금광은 1980년에 발견되었다. 그때부터 골드러시도 시작됐다. 진즉부터 그 현장을 보고 싶었지만 광산은 연방 경찰이 관리하고 있었고 나는 브라질 국가정보부에 반체제 인사로 찍혀 있었기 때문에 그곳에 갈 수 없었다. 1986년, 광산 관리가 광업협동조합으로 넘어가면서 드디어 나에게 촬영 허가가 떨어졌다. 광산 지분을 가지고 있는 수천 명 중에 우리 아버지 친구분도 한 분 계셨는데, 그분이 나를 데려가주셨다. 세라 펠라다 금광은 가로 2미터, 세로 3미터 남짓한 불하지 2000~3000개로 나뉘어 있다. 각각의 불하지마다 삯일꾼, 감독관, 운반자까지 치면 15명에서 20명까지 일한다. 내가 세라 펠라다에 갔을 때에는 이미 7만 킬로그램의 황금이 채굴된 후였다.

내가 도착한 날, 어느 광부가 나보고 어디서 왔느냐고 물었다. "리우 도시요." 나는 출신을 묻는 줄 알고 그냥 내 고향 골짜기 이름을 댔을 뿐이다. 생각 없이 한 이 말 때문에 내가 불하지의 법적 소유자인 발리 리우 도시 회사에서 보낸 사람이라는 소문이 삽시간에 퍼졌다. 내 고향이 세계에서 가장 큰 철광들로 알려져 있는 고장이라서 그곳 지명을 딴 회사도 있었던 것이다(지금 이 회사는 그냥 '발리'로 통한다). 당시 발리 사는 세라 펠라다가 있는 파라 주에서도 철광 채굴을 시작한 참이었다. 나는 그런 소문이 퍼진 줄 몰랐고, 문득 저 아래서 프랑스 스타디움만큼 거대한 구덩이가 보였다. 70미터 깊이의 구덩이에서 대략 5만 명이 아무런 기구도 사용하지 않고 함께 일하고 있었다. 그들은 진흙으로 빚어낸 조각상 같았다. 그들이 다 함께 곡괭이질을 하고 손으로 흙을 퍼내는 모습을 보고 있으려니 내 귀에도 황금의 속삭임이 들리는 듯했다.

갑자기 모든 소음이 멎었다. 모두의 시선이 나에게 쏠려 있었다. 태양에 그을린 얼굴들과 흙 칠갑을 한 몸뚱이들 속에서 나의 하얀 얼굴과 연한 색상의 옷—나는 일할 때 항상 카키색 옷을 입는다.—은 튀어도 너무 튀었다. 그 후, 하나둘 모두 다시 곡괭이를 휘두르기 시작했고 아까처럼 어수선한 소음이 일어났다. 나는 영문을 몰랐다. 그래서 일단 카메라를 꺼내어 사진을 찍기 시작했다. 조금씩 작업의 흐름이 살아났다.

　나도 구덩이로 내려가려고 했다. 하지만 바닥에 도착하기도 전에 몸에 걸치고 있는 옷은 물론, 카메라 스트랩까지 싹다 진흙투성이가 됐다. 이 사람 저 사람 할 것 없이 밀쳐대고 진흙을 튀겨대니 어쩔 수 없었다. 나는 뭔가 찌릿찌릿한 분위기, 나를 향한 적대감을 감지했다. 아무도 나에게 말을 걸지 않았는데 이유를 알 수가 없었다. 그저 앞으로 이런 분위기에서 어떻게 한 달을 버틸까 싶었다. 구덩이 아래에서 광산을 감독하는 경찰 한 사람과 마주쳤다. 경찰은 도난 사고를 막기 위해서가 아니라—그런 유의 문제는 절대 일어나지 않았다.—일꾼들끼리의 싸움을 막고 원만한 작업을 보

장하기 위해서 와 있었다. 그 경찰이 말했다. "그링고gringo•,
여권 좀 봅시다." 나는 브라질 사람이기 때문에 아무것도 보
여줄 필요가 없다고 대꾸했다. 내가 지금처럼 머리를 박박
밀지 않았을 때다. 게다가 나는 머리칼은 물론, 콧수염, 턱수
염까지 아주 밝고 선명한 금발이었다. 경찰은 나를 물끄러
미 보고는 계속 여권을 내놓으라고 했다. 내가 다시 여권 제
시를 거부하자 그는 내게 수갑을 채워서 밖으로 끌고 갔다.
갑자기 울컥 눈물이 났다. 일꾼들은 경찰이 나를 대하는 태
도를 보고 내가 발리 사에서 보낸 스파이가 아니라는 것을
대번에 알아차렸다. 나는 어느 가건물로 끌려갔고 그곳에서
경찰 상관에게 자초지종을 설명했다. 그는 오해가 있었음을
사과하고 나를 즉시 풀어주었다. 나는 곧장 구덩이로 다시
내려갔고, 열렬한 박수를 받았다! 결국 그 경찰이 내게는 득
이 되는 일을 해준 셈이었다. 그다음부터는 내 집처럼 편안
하게 광산을 누비고 다니며 자유롭게 사진을 찍을 수 있었
다. 나는 나를 어릴 때부터 잘 아는 아버지 친구분의 가건물
에서 먹고 자면서 광부들과 몇 주를 함께 지냈다.

• 중남미에서 비非라틴계 백인을 비하해서 부르는 말.-역자 주

내가 찍은 세라 펠라다 금광 사진들은 꽤 많이 알려져 있다. 그토록 많은 사람이 뻥 뚫린 거대한 구덩이 속에서 다닥다닥 붙어서 일하는 광경은 언제 봐도 인상적이다. 그러한 이미지들을 보고서 광부들은 굉장히 고되게 일한다는 생각에 마음이 짠할지도 모르겠다. 하지만 세라 펠라다 금광에서는 다들 굉장히 자발적으로 일한다. 그들은 노예가 아니다. 아니, 어떤 면에서는 부자가 되고 싶다는 의욕의 노예라고 하겠다. 그들은 모두 부자가 되겠다는 꿈을 좇아 여기에 왔다. 황금은 찾지 못하고 삽질만 하다가 일생을 보내는 사람도 있을 수 있다. 하지만 금맥을 찾은 사람은……. 광부들이 파고 또 파다가 금 줄기에 다가가면 땅 색깔이 달라 보인다고 한다. 세라 펠라다의 광부들은 이 귀금속을 담을 때 일반적인 자루를 쓰지 않고 꼭 흰색이나 파란색 자루를 썼다. 광산에서 흙 자루를 옮기는 사람은 정해진 임금 외에도 자기가 찾은 금맥에서 흰색이나 파란색 자루 하나만큼을 가져갈 권리가 있다. 자루의 내용물에서 금을 골라내면 다섯 덩어리(약 5킬로그램) 정도 건질 수도 있다. 그야말로 로또가 따로 없다.

광부들을 만나보니 별의별 사람이 다 있었다. 글을 읽고 쓸 줄 모르는 사람들이 있는가 하면, 대학까지 다닌 사람들도 있었다. 캘리포니아나 알래스카로 몰려들었던 금사냥꾼들이 그랬듯 그들은 모두 모험심이 넘쳤다. 광산을 감시하는 경찰들은 권력을 남용하는 버러지들로 통했다. 경찰들이 실탄이 장전된 총을 가지고 근무했기 때문이다.

진짜 계급 투쟁이 그곳에 있었다. 싸움판이 벌어지면 경찰들은 망설이지도 않고 총을 쐈고, 더러는 사람이 죽어나갔다. 하지만 경찰들은 경찰들대로 광부들이 내던지는 화강암보다 더 무거운 철광석 덩어리에 맞아 죽을 지경이 되곤 했다.

광부들은 모두 작업 현장에 지어놓은 가건물들에서 살았고 해먹에서 잠을 잤다. 푸짐한 식사가 임금과는 별도로 제공되었다. 그들은 고기, 마니옥, 쌀, 채소를 골고루 배불리 먹었다. 우리 아버지 친구분의 직원 숙소에서는 사장이나 직원이나 가릴 것 없이 똑같은 음식을 먹었다. 음주는 금지되어 있었고 반경 40~50킬로미터 내에는 여자가 전혀 없었다. 광산에는 언제 폭력이 일어날지 모르는 분위기가 감돌았다. 하지만 나는 그곳에서 따뜻한 정도 만났다. 어디나 그렇지만 광산에도 동성애자들은 있었다. 사내들만 5만 명이 있으니 일종의 동성애자 조직까지 형성되어 있었다. 조금이나마 정감을 더해주는 일종의 소규모 조합이랄까. 하루는 얼굴에 칼자국이 나 있고 인상이 험악한 광부를 만났다. 그런데 그 사람이 뜻밖에도 이런 말을 하는 거다. "세바스치앙, 자넨 참 운이 좋아. 자네는 파리에 산다면서? 내 꿈이 여기서 황금을 찾으면 파리에 가서 가슴 성형 수술을 받는 거야. 파리에서 가슴 성형 수술을 제일로 예쁘게 한대." 참 특이한 경우구나 싶었다. 그는 아름다운 실리콘 가슴의 꿈을 좇느라 광산에서 힘겹게 자기 자신만의 노예살이를 하고 있었던 것이다. 꿈에도 생각지 못했던 고백에 나는 미소를 지었다.

그때 이후로 광산 노동이 어느 곳에서나 급속하게 기계화되었다. 내가 1989년에 인도 단바드에 촬영을 갔을 때만 해도 15만 명의 광부들이 12시간 교대제로 섭씨 55도까지 온

도가 올라가는 갱도에서 석탄을 캐느라 고생하고 있었다. 제2차 세계대전 때까지는 영국인들이 이 지역 광산들을 개발했다. 당시 이곳에서는 강철 생산에 적합한 양질의 석탄이 많이 나왔다. 그 후, 영국인들은 광산을 제대로 폐쇄하지도 않고 이 나라를 떠났다. 공기가 흘러들어오자 지하에서 군데군데 석탄불이 붙었다. 내가 단바드를 찾았을 때에는 이미 오랜 시간 지속된 석탄불로 지반이 약해져 있었다. 여기저기 연기구름이 피어오르고 있었고 마을을 지나다니며 보니 군데군데 땅이 푹 꺼져 있었다. 그렇다고 해도 약 40만 명에 달하는 이 지역 주민들 모두가 광산으로 먹고사니 어쩔 수 없다. 집집마다 부부 중 한 명은 한 뙈기 남짓한 땅을 일구고 다른 한 명은 광산에서 일한다. 가끔은 온 집안 식구가 다 광산에서 일하기도 한다. 광산에서 비숙련 노동자도 받아주고, 특히 그들에겐 노천 탄광 작업을 많이 시키기 때문이다. 그때 이미 트여 있는 구덩이에는 거대한 러시아제 기계들이 자리를 잡기 시작했다. 일종의 동력삽 역할을 하는 이 괴물 같은 기계들은 집채만 한 흙덩이를 단숨에 쏙 파서 옮겨놓는다. 정말이지, 우리는 한 시대의 끝을 보고 있었다.

몇 년 후, 이민을 주제로 한 르포르타주 작업 때문에 인도 비하르 지역에 다시 갈 일이 있었다. 나는 산업 재편성이 지역 인구에게 미치는 변화들을 확인하고 싶었다. 그곳 사람들의 노동력은 거대한 기계들이 대신하고 있었다. 광산은 이제 전문 기술자와 그 밖의 숙련 인력만 채용했다. 이제는 사람의 손보다 기술적 경쟁력이 중요했다. 숙련된 기술이나 경력이 없는 사람들의 상당수는 실업자가 되었다. 한 뙈기 뿐인 땅에서조차 쫓겨나 극빈층으로 전락한 사람들이 도시로 몰려들었다. 도시는 이제 몸집을 부풀리기 시작했다. 밤이면 이따금 밤에 광산 근처에 연료를 구하러 온 가족들을 만날 수 있었다. 어떤 이들은 그저 살기 위해서 한때 자기 땅이었던 곳에 도둑질을 하러 가기도 했다. 한때 농사도 조금 짓고 광산에서 일도 하면서 살던 이들이 이제 도시 언저리의 최하층민이 되어 있었다. 자신의 옛 소유지에 출몰하는 밤손님으로 전락한 것이다. 인간의 손이 산업 프로세스에서 사라지면서 발생한 이 인간 비극들, 나는 '엑소더스' 프로젝트로 부분적으로 그런 이야기를 하고 싶었다.

'엑소더스'

　우리는 1993년에 『인간의 손』이라는 제목으로 사진집을 발간했다. 세계 각지의 미술관에서 전시회를 열고 나의 경험을 좀 더 많은 이들과 나누기 위해서 강연도 부지런히 다니는 한편, 나는 렐리아와 함께 새로운 이야기를 구상하기 시작했다. 산업의 변화, 생산의 가차 없는 리듬에 못 이겨 재편성된 인간 가정의 이야기를.

　어느 곳에서나 마찬가지지만 비하르에서 나는 확인할 수 있었다. 서구 사회의 거대 산업이 인건비가 저렴한 빈곤 국가로 생산 설비를 이전함으로써 산업 성장의 새로운 거점들이 생겨났다. 따라서 대대적인 인구 이동이 일어났다. 지금은 정확한 통계가 어떻게 되는지 모르겠지만 1990년대 초에는 전 세계 이농 인구가 매년 1억 5천만 명에서 2억 명 수준이었다. 그러한 인구 이동은 지구를 근본적으로 변화시키는 중이었다. 우리가 지금 목도하는 남반구 국가 도시들의 재앙은 산업 체계의 전 지구적인 이동에서 발생한 것이다. 인구 이동은 개발 도상국들을 새로운 소비 사회로 둔갑시켰고, 저가 생산의 가속화, 인구 집중, 거대 도시들의 등장을 불러왔다. 인류 역사상 처음으로 도시 인구가 농촌 인구를 넘어섰다. 이 새로운 도시민들의 상당수는 매우 열악하게 살고 있다.

저렴한 노동력은 판자촌으로 몰려들었다. 도처에 비슷비슷한 전경이 펼쳐졌다. 상파울루의 빈민가에서, 멕시코의 시우다드 페르디다ciudad perdida*에서, 어디서나 널빤지나 함석판으로 대충 지은 가건물에 많은 식구가 복작대며 사는 모습을 볼 수 있다. 어디서나 쓰레기 더미 속에서 노는 아이

• '잃어버린 도시'라는 뜻으로 판자촌을 가리키는 표현 - 역자 주

들을 볼 수 있다. 지구 곳곳에서 본드 냄새를 맡거나 크랙●을 피우는 젊은이들이 사는 곳은 거기서 거기다. 가난한 사람들은 어디 살든 간에 결국은 비슷한 분위기를 풍긴다.

세계 구석구석에서 사람들은 비슷비슷한 경제적 논리들 때문에 도시로 떠난다. 그러한 경제적 논리들은 소수에게 이익을 안겨주고 다수에게 빈곤을 안겨준다. 어디서나 인구 과밀은 궁핍, 폭력, 전염병 등등의 악을 퍼뜨린다. 새로운 밀레니엄으로 진입하는 시점에서, 나는 이처럼 자신의 터전을 떠난 사람들을 보여주고 싶었다. 사회에 편입되고자 하는 그들의 의지, 자신의 뿌리에서 떠난 용기, 낯설고 혹독한 환경에 적응하는 능력을 기리고 싶었다. 모두가 그 나름의 방식대로 이 세상에 도전 정신과 풍부한 차이를 더해주고 있음을 보여주고 싶었다. 21세기를 맞이하는 시점에서 가족이 연대와 공유를 기반으로 다시 한 번 자리매김해야 한다고 말하고 싶었다.

● 코카인에서 추출한 마약의 일종 – 역자 주

나는 이러한 문제들에 관심을 두고 이민자들과 연대하는 기구들과 접촉했다. 제네바에 있는 국제이민기구IOM, UNHCR, 유니세프 등을 만나보았다. 프로젝트를 추진하다가 경제적 이유뿐만 아니라 종교적·기후적·정치적 이유로 고향을 떠날 수밖에 없었던 사람들도 우리의 이야기 속으로 끌어안기로 결심했다. 프로젝트 이름은 '엑소더스Exodes'* 로 정했다.

　이 이야기를 완성해야겠다는 절박함이 우리 마음에 싹텄다. 우리의 개인사와도 호응을 이루는 이야기였기 때문에 더욱더 그랬다. 내가 공식적으로는 유학을 위해 브라질을 떠난 사람이었는데도 브라질 정부는 나의 여권 갱신을 거부했고, 나는 '사실상' 난민이 되었다. 결국 나와 렐리아는 프랑스 국적을 취득했고 우리 아이들의 국적도 프랑스이다. 하지만 프랑스 땅에서 태어난 아이들과 달리 나는 결코 진짜 프랑스 인은 되지 못할 것이다. 나는 언제까지나 이민자일 것이다. 나는 망명을 잘 안다. 조국을 떠난다는 것이 어떤

• 탈출(많은 사람들이 동시에 하는) 또는 이동을 뜻한다.—역자 주

의미인지 뼈저리게 안다. 나는 불법 체류자의 불안을 안다. 고향으로부터 먼 땅에서 새로운 삶을 꾸리는 모든 이들에게 친밀감을 느낀다. 맨해튼 식당에서 만났던 엘살바도르 출신 종업원, 영국에 정착한 인도인 식품점 주인, 파리 건설 현장에서 일하는 세네갈 노동자들에게 말이다.

나는 '엑소더스'에 꼬박 6년을 바쳤다. 인도에서 이라크를 거쳐 라틴아메리카까지, 또다시 세계 여러 나라를 돌아다녔다. 브라질을 비롯해서, 내가 이미 잘 아는 장소들을 다시 찾기도 했다. 어디를 가나 삶의 조건이 더욱 열악해진 것이 보여서 몹시 침통했다. 상하이, 자카르타, 뭄바이처럼 문어발로 뻗어나가는 대도시와 그곳의 빈민가를 둘러보았다. 어디서나 점점 더 많은 이주자들이 일자리를 찾아 몰려왔다. 나는 빈곤의 망망대해에서 간혹 발견되는 풍요의 작은 섬들도 보았다. 마닐라의 거대한 사유 골프장들은 결코 잊지 못할 것이다. 하지만 마닐라 거리에는 극빈층 아이들이 드글드글했다. 비자를 신청하려고 호찌민 시(사이공의 새 이름) 미국 대사관 앞에 몇 시간씩 줄을 서 있던 베트남 사람들도 잊을 수 없다. 홍콩이나 인도네시아 갈랑 섬에 상륙한 '보트피플'은 또 어떠한가. 나는 일자리를 찾는 아프리카 인들을 잔뜩 태우고 스페인에 몰래 상륙하려고 하는 쪽배들과 마주쳤다. 그들은 모두 다른 곳에서 더 나은 삶을 찾겠다는 생각으로 종종 목숨까지 걸어가며 여행길에 오르거나 배에 몸을 실었다.

나는 온두라스 이재민들처럼 딱하게 된 사람들도 만났다. 1998년, 허리케인 미치Mitch가 이 일대를 강타하면서 그들이 살던 마을들은 다 물에 잠겼다. 과거에도 이 지역은 폭풍 피해로 흙탕물에 가옥들이 쓸려가곤 했다. 하지만 그때는 나무들이 흙에 뿌리를 단단히 내리고 있었다. 그런데 인간의 손이 숲을 황폐화했기 때문에 미치의 피해는 차원이 달랐다. 나는 또한 이라크 쿠르드 족처럼 생존을 위협받는 이들도 만났다. 아프가니스탄과 그 외 여러 나라의 난민 수용소들도 방문했다. 이민자들과 달리, 그들은 더 나은 삶 따위는 아예 꿈꾸지도 않았다. 탄압이나 전쟁 때문에 쫓겨나다시피 고향을 떠나온 그들은 어떻게든 적응해보려고 몸부림칠 뿐이었다. 그중 일부는 레바논의 팔레스타인 인들처럼 외국에 상주하는 인구가 되었다. 상당수는 영원히 고국에 돌아가지 못한 채 이민자로 일생을 마쳤다.

나는 발칸 반도에도 갔다. 호전적이고 떳떳하지 못한 지도자들 때문에 갈피를 못 잡고 서로 싸울 수밖에 없었던 사람들을 만났다. 구 유고슬라비아 체제에 속했던 사람들은 물론, 크로아티아, 세르비아, 보스니아 사람들도 내전을 겪느라 그들이 뿌리내리고 있던 곳에서 도망쳐나와야 했다. 나는 생존이 위태로운 집시들도 만났다. 알바니아 사람들, 코소보 사람들의 엑소더스를 보았다. 그 모든 상황들이 어찌나 닮아 있던지 나는 힘이 빠지기 시작했다.

이 르포르타주들은 우리 세계와 그 다양한 체제의 희생자들을 정면으로 바라보게 했다. 따지고 보면 그들은 모두 비슷비슷했고 궁극적으로는 서로 이어져 있었다. 그들은 힘겨운 시간을, 더러는 인생 최악의 고비를 넘기고 있었다. 그런데도 그들은 내가 사진을 찍도록 허락해주었다. 자신들의 절망이 널리 알려지기를 바라는 마음에서 그랬을 거라고 생각한다.

사실, 나는 애당초 구석구석 뚫어지게 잘 안다고 생각했던 이 이야기에서 마음 깊이 충격을 받았고 혼란을 느꼈다. 나의 감수성과 나의 신념이 한바탕 동요했다. 수많은 르포르타주 작업을 통해 비극이란 비극은 신물 나게 봤고 웬만큼 단련도 됐다고 생각했었다. 하지만 그런 나조차도 이처럼 심한 폭력, 이토록 과격한 증오와 야만을 만나게 될 줄은 몰랐다. 나는 아직도 유럽에 인종 청소가 존재할 거라곤 생각 못했다. 발칸 반도 사람들의 악몽은 상상도 못했다. 아프리카에서 발견한 학살과 민족 말살은 너무나 잔인했기에 나는 결국 병을 안고 돌아왔다. 인류의 미래가 정말로 심히 걱정되었다.

모잠비크
대장정

    1992년, 국제연합은 모잠비크에서 1976년부터 이어져왔던 동족상잔의 비극을 마무리하는 평화 협정을 끌어냈다. 그로부터 얼마 후, 나는 이 휴전 소식을 기뻐하며 한때 포르투갈의 남반구 아프리카 식민지였던 이 나라에 가기로 결심했다. 나는 몇 년 전부터 말라위, 짐바브웨, 남아프리카공화국 등지의 난민 수용소로 뿔뿔이 흩어졌던 수십만 모잠비크 인들이 마침내 고국으로 돌아가는 모습을 카메라에 담고 싶었다.

    모잠비크의 상황을 제대로 이해하려면 모잠비크해방전선 FRELIMO이 이 나라의 독립을 쟁취한 1975년으로 거슬러 올라가야 한다. FRELIMO는 포르투갈 인들과 싸워 승리한 후, 마르크스레닌주의 정부를 수립했다. 바로 이웃해 있는 남아프리카공화국은 당시 극우파 정부가 아파르트헤이트 정책(인종 분리 정책)을 밀어붙이고 있었다. 남아공은 자국의 흑인 노동자들이 모잠비크의 이 같은 움직임에 영향을 받을지 모른다고 우려하여 모잠비크에 게릴라 조직이 형성되게끔 서둘러 손을 썼다. 남아공은 이런 식으로 모잠비크민족저항운동RENAMO을 수립하고 재정을 지원했다. 이후 RENAMO는 대단히 강력한 세력으로 성장했다.

독립 전쟁 당시처럼 한쪽RENAMO은 농촌에서 세력을 폈고 다른 쪽FRELIMO는 도시를 거점으로 삼았다. 냉전도 이 갈등에 한몫을 했다. 서방 진영은 남아공을 지지한 반면, 소련은 모잠비크를 지원했기 때문이다. RENAMO가 주민을 학살하러 마을로 쳐들어갔을 때 어른들은 대개 밭에 일을 하러 나가 있었고 아이들은 학교에 있었다. RENAMO 진영이나 FRELIMO 진영이나 할 것 없이, 피난을 갈 수 있는 사람은 다 떠났다. 그러한 피난길에서 가족은 해체되었고 서로를 잃어버렸다. RENAMO는 어린아이들을 포로로 잡아서 군대에 보내 소년병으로 만들었다. 그 시대는 지금까지도 차마 믿을 수 없는 폭력성을 간직하고 있었다.

그러한 동족상잔의 전쟁이 끝나고 나와 작업한 유니세프, 세계보건기구WHO, MSF, UNHCR, IOM, 세이브 더 칠드런 재단은 난민 수용소를 관리했다. 어떤 기구들은 적게는 5000명에서 많게는 1만 명에 달하는 미아들을 관리했고, 또 다른 기구들은 성인들과 가족 단위 난민들을 관리했다. 인물 사진은 이산가족을 찾아주는 데 큰 도움이 되었다. 또한 부모를 겨우 찾아서 아이를 돌려줄 때에도 경계를 느슨히 할 수 없었다. 어떤 부모들은 기껏 찾은 자식을 노예로 팔아 넘기곤 했기 때문이었다. 그래서 국제기구들은 대대적인 추적 작업을 기획했다. 가족을 찾아주고 재결합시키는 이 기획으로 수천 명의 아이들이 마침내 가정의 품으로 돌아갔다.

난민 수용소에서 몇 주를 보내면서 나는 서로 적대적인

RENAMO와 FRELIMO 출신 사람들이 더불어 살아가는 모습을 보았다. 어느 쪽이나 전쟁 때문에 삶의 터전을 잃고 굶주리기는 마찬가지였다. 서로가 적이 되어 보기 드물게 참혹한 전쟁을 벌였던 그들이 이제 같은 수용소에 와 있었다. 공존을 가능케 하기 위해서 마를 쫓고 해묵은 앙금을 털어내는 의식들이 열렸다. 나는 그들이 입에 칼이나 총을 물고 전쟁의 악귀들을 공격하는 인상적인 장면을 보았다. 그 모든 악귀들을 쫓아낸 후에는 하나가 된 모잠비크 국민이 자기 집으로 돌아갈 수 있었다. 그토록 오랫동안 죽어라 싸웠던 이들이 함께 버스를 타고, 트럭을 타고, 혹은 두 발로 걸어 돌아가는 모습은 감동적이었고 차마 믿기지 않았다.

나도 그들과 함께 걷고 또 걸었다. 말라위에서 모잠비크까지, 그 먼 길을 걸었다. 그들은 5만, 10만, 20만 명씩 수용소에 운집해 지냈기 때문에 도시의 생활 방식을 얼추 경험한 셈이었다. 원래는 농촌에서 살던 사람들이 지난 몇 년간 통행로들로 나뉘어 있는 가건물 단지에서 살았고, 그러한 통행로들은 사람들로 번잡한 도시의 거리와 다를 바 없었다.

난민 수용소에도 학교가 있고 조그만 병원도 있다. 수용소 생활을 몇 달만 하면 시골 출신들도 도시민처럼 된다. 모잠 비크로 돌아갈 무렵이 되자 이제 대부분은 시골에 있는 고향에서 살 마음이 없었다. 그들이 도시의 몸집을 부풀렸다. 전쟁은 그들의 삶의 방식을 철저하게 바꾸어놓았다.

모잠비크로 돌아가는 길에 잠베지 강 유역에서 차마 눈 뜨고 볼 수 없는 광경을 보았다. 전날 밤늦게 강가에 도착한 사람들은 목도 마르고 몸뚱이도 먼지투성이였다. 그들은 어둠 속에 도사린 악어 떼를 못 보고 그만 강 속에 뛰어들었다. 몇 명이 악어들에게 잡혔고…… 끔찍했다. 믿기지 않을 만큼 희한하고 드라마틱한 또 다른 일화도 기억난다. 도나 아나 다리—강에 놓인 다리로서는 세계에서 가장 긴 13킬로미터 길이를 자랑하지만 전쟁으로 군데군데 파괴되어 있었다.—를 건너다가, 등에는 아기를 업고 두 팔로 꾸러미를 바리바리 안은 부인네를 만났다. 나는 다리 건너편 빌라 드 세나까지 가느냐고 물었다. 그 부인은 웃으면서 자기는 그보다 더 멀리 간다고 했다. 그래서 거기서 300킬로미터쯤 떨

어진 도시 베이라까지 가느냐고 한 번 더 물어봤다. 그녀는
대답했다. "아뇨, 난 마푸투까지 가요." 부인은 그 큰 짐과 아
기를 이고 지고 1250킬로미터 길을 걸어갈 작정이었던 것
이다. 그 여인의 침착하고 결연한 태도, 그 용기를 잊을 수
없을 것이다. 그녀가 목적지에 꼭 도착했으리라 믿어 의심
치 않는다.

나는 모잠비크를 여러 차례 방문했다. 1994년 4월에는 렐
리아를 만나러 브라질에 며칠 다녀왔다. 5월 초, 상파울루에
서 남아공을 경유해 마푸투로 갔다. 중간 기착지 요하네스
버그 공항에서 갑자기 스피커에서 내 이름이 나왔다. 나는
최대한 빨리 렐리아에게 전화를 하라는 전갈을 받았다. 전
화를 걸었더니 렐리아가 말했다. "모잠비크로 가지 말고 르
완다로 가요. 지금 수십만 명이 탄자니아로 피난 중이래
요……."

르완다

그리하여 나는 예정대로 모잠비크로 가지 않고 케냐행 표를 끊었다. 르완다에는 케냐를 통해서 들어갈 수밖에 없었다. 케냐의 수도 나이로비에 도착해서 나와 함께 작업하는 UNHCR의 본부로 직행했다. 거기서 더 이상 르완다에 들어가선 안 된다는 말을 들었다. 전쟁이 터져서 탄자니아로 수십 만 인구가 피난을 떠나고 있다고 했다. 그쪽에서는 그날 저녁 비행기로 당장 탄자니아에 가보라고 했다. 탄자니아 북동부 베나코에 도착해보니 이미 10만 명의 난민이 그곳에 와 있었다. 며칠 만에 난민은 100만 명까지 늘어났다. 사망자를 헤아리자면…… 1994년의 르완다가 20세기 최악의 민족 말살들 중 하나의 무대였음을 기억할 필요가 있다……

나는 그 참사 한가운데서 바로 작업에 돌입했다. 끔찍한 광경들을 보았고, 개중 어떤 장면은 죽는 날까지 못 잊을 것이다. 탄자니아와 르완다의 국경에 해당하는 아카게라 강 근처에서 자그마한 다리 아래로 수십 구의 시체들이 떠내려가는 모습을 보았다. 강에 폭포가 하나 있었는데, 거기서 쉴 새도 없이 시신들이 떨어졌다가 소용돌이에 휩쓸려가곤 했다. 정말 참혹했다.

나는 잠깐 투치 족 반군들과 맞닥뜨린 적도 있다. 당시 투치 족은 르완다를 장악하고 있었고, 프랑스 군대의 지원을 받는 후투 족은 수도인 키갈리에서 콩고 국경까지 이르는 후방 기지를 차지하고 있었다. 투치 족 반군은 나에게 말했다. "우리에게 차가 있다. 원한다면 키갈리로 데려다주겠다." 그래서 우리는 떠났고 150킬로미터를 함께 지나갔다. 사지가 찢기고 훼손된 시신들이 길에 나뒹굴었다. 중간에 잠깐씩 쉬려고 차에서 내릴 때마다 바나나나무 아래 켜켜이 쌓인 시신들 사이를 걸어야 했다. 내가 찍은 사진들은 끔찍했다. 르완다 내전은 인종을 구실 삼아 터졌다. 하지만 그 이

면에는 다른 사정이 있었다. 빈곤의 사연, 착취의 사연이 있었다. 나는 이미 오래 전부터 그것을 알고 있었다.

나는 1971년에 국제커피기구 소속으로 일할 때부터 르완다를 잘 알았다. 그 후 '인간의 손' 작업을 하러 르완다에 다시 갔다. 차 재배 마을 농장(농장이라지만 소규모 가족 경영 생산이다.)이 르완다에 처음 생기는 데 나도 한몫을 했었기 때문에 그곳이 어떻게 변했는지 보고 싶었다. 아침부터 저녁까지 허리 한 번 못 펴고 일해도 제값을 못 받던 소규모 생산자들이 이제 세계에서 가장 비싸고 품질 좋은 차를 생산하고 있었다. 하지만 1971년 이후로 차 생산자는 나날이 급증했고 별로 크지 않은 파이를 나눠먹자니 각자에게 돌아오는 몫은 여전히 너무 적었다. 가난은 그렇잖아도 후투 족과 투치 족의 인종적 갈등을 안고 있던 사회를 더한 갈등의 장으로 이끌었다. 게다가 1975년에 국가개발혁명운동MRND이 매우 완고하고 경직된 정권을 수립했는데도 프랑스는 지리적 근접성과 같은 프랑스 어권 국가라는 이유를 들어 이 정권과 지원 협정을 맺었다. 르완다에 학교를 세우기 위해서가 아니라 헌병대를 보내기 위해서 협정을 맺었던 것이다. 1987년부터 1994년까지 프랑스는 르완다에 수시로 군대를 파견했다. 이러한 요인들이 한데 모여 화약고가 되었다. 그 화약고가 기어이 폭발하여 1994년 4월에 내가 목격한 아수라장을 만든 것이다. 그 후 나는 인도주의적 단체들과의 협업을 마저 완수하기 위해 모잠비크로 돌아갔다. 하지만 르완다에 대한 생각을 떨칠 수 없어 괴로웠다. 그 후 몇 달간 나는 수시로 르완다 난민들을 찾았다.

후투 족은 투치 족을 대대적으로 학살했고 그 후 투치 족 반군은 키갈리를 탈환했다. 후투 족은 대부분 자이르(지금의 콩고민주공화국), 탄자니아, 부룬디로 피난을 갔다. 난리도 그런 난리가 없었다. 결국 난민 수용소마다 200만 명이 넘는 인구를 감당해야 했다. 나는 난민들이 밀물처럼 치고 들어와 어찌 됐든 살겠다고 몸부림치는 모습을 보았다. 당장 보건 위생 문제가 불거졌다. 인도주의적 단체들이 감당할 수 있는 수준이 아니었다. 설비도, 약품도 턱없이 모자랐다. 당장 자이르에서 콜레라가 발생했다.

힘센 장정, 전사 들이 몇 시간 동안 구토와 설사로 속에 든 것을 다 쏟아내고 모기처럼 비실비실 죽어갔다. 워낙 많은 사람이 다닥다닥 붙어 지내니 이러한 감염성 설사병은 눈 깜짝할 사이에 퍼졌고 하루에도 수천 명이 죽어나갔다. 시체를 묻을 여력조차 없었다. 나는 수백 미터씩 널려 있는 시체들을 보았다. 프랑스 군대가 불도저를 가져와 공동 묘혈을 팠다. 동력삽으로 한 번에 10~15구의 시체를 들어올려 구덩이에 처넣다 보니 한쪽 팔, 한쪽 다리, 머리가 떨어져나가는 일도 다반사였다. 터무니없고 기막힌 일이었다. 생존자들은 이제 아무것도 못 느끼는 것 같았다. 하지만 나는 이러다 내가 죽겠구나 싶었다. 거기서 지낸 아홉 달이 얼마나 무섭고 끔찍했는지 몸과 머리가 내 말을 듣지 않았다. 나도 포도상 구균에 감염됐다. 결국 주치의가 당장 그만두고 파리로 돌아와 치료를 받으라고 단호하게 말했다.

그로부터 몇 달 후인 1995년, 기력을 다소 회복한 나는 르포르타주를 재개하기 위해 키갈리로 돌아갔다. 나와 친했던 조제프 무난킨디를 수소문했다. 그와 그의 아내, 자식들 모두가 살해당했다는 소식을 들었다. 그 충격을 어찌 이루 다 말할 수 있으랴! 나는 르완다를 처음 방문했을 때 그를 만났다. 나는 국제커피기구 소속의 젊은 경제학자였고 그는 르완다 농공업사무소 소장이었다. 우리는 폴크스바겐을 함께 타고 차 재배에 적합한 곳을 찾아 수백 킬로미터를 달렸다. 그러면서 참 많은 얘기를 나눴고, 참 많이 웃었고, 결국 친구가 되었다. 우리는 런던에서도 만났다. 나는 렐리아를 소개했고, 그는 우리 집까지 왔었다. 나는 키갈리에 들를 일이 있을 때마다 조제프를 꼭 만나러 갔다. 그는 항상 두 팔 벌려 나를 환영해주었다. 나는 그의 아내도 잘 안다. 조제프는 후투 족이었지만, 보기 드문 미인이었던 그의 아내는 투치 족이었다. 내전이 발발하기 3년 전인 1991년, 나는 '인간의 손' 작업을 하러 가면서 당시 열일곱 살이 된 장남 줄리아누를 르완다에 데려갔다. 당시의 체류에서 이미 우리는 르완다 사회의 극심한 긴장을 감지했었다.

우리는 차 재배로 잘 알려진 키부 지방을 둘러보려고 렌터카를 알아봤다. 그때 이미 국제적인 렌터카 업체들은 수도 밖으로는 차를 빌려주지 않았다. 조제프 무냔킨디가 자기 친구에게서 푸조 304 한 대를 빌려왔다. 우리는 콩고와의 접경 지역 부카부까지 가는 동안 16번이나 검문을 당했다. 부카부에 도착해서 나는 내 사진 작업을 하고 줄리아누는 학교에서 발표할 과제 준비를 했다. 그 사나흘 동안 우리는 차를 빌려준 사람과 계속 연락을 취했다. 그다음에 그 사람 부인과도 한 번 통화를 했다. 나중에는 아무리 연락을 하려고 해도 그쪽에서 전화를 받지 않았다. 키갈리에 돌아와보니 조제프가 자동차 주인이 살해당했다는 소식을 전해주었다. 후투 족 헌병들이 그 부부의 집이 돈깨나 있겠다고 생각해서 함부로 쳐들어가 집주인을 죽였다는 것이다.

그 무렵, 조제프의 아내가 투옥되었다. 처음도 아니고 두 번째 있는 일이었다. 그녀는 투치 족이었기에 스파이로 의심받고 있었다. 우리는 르완다를 떠나기 전에 조제프가 독일로 보내는 편지들을 건네받았다. 당시 조제프는 공무원을 그만두고 독일의 그리스도교 국제 개발 원조 기구 미제레오어Misereor를 위해서 일하고 있었다. 그는 편지를 부칠 엄두

조차 못 내는 상황에 있었던 것이다. 나는 그때 조제프가 정말 걱정되었다. 그게 우리의 마지막 만남이 될 줄은 몰랐다. 인종 학살의 피바다는 내 친구마저 쓸어가버렸다.

우리가 그토록 행복했던 차 농장, 조제프와 함께, 내 아들 줄리아누와 함께 그토록 웃음을 터뜨렸던 차 농장에 돌아가보니 모든 것이 불타고 없었다. 그렇게 고생해서 심고 키운 차는 이제 이파리 하나 남지 않았다. 황폐한 땅에 유골들만 나뒹굴었다. 어쩌면 그 뼈들도 우리가 만났던 사람들, 우리가 좋은 한때를 함께 보냈던 사람들의 것은 아니었을까…….

희한하게도 이 세계에서 유독 이 지역은 우리들 각자의 마음속에 아주 특별하게 남아 있다. 경제학을 공부하던 젊은 날의 나는 르완다에 자주 왔고 키부 지역에서 믿을 수 없으리만치 비옥한 땅을 찾아냈다. 사진가가 되어서도 '인간의 손' 작업으로 이곳에 왔다. 1994년에는 여기서 재앙의 끝장판을 목격했다. 1995년에는 난민들이 돌아가는 모습을 보러 왔다. 나의 그다음 프로젝트 '제네시스'를 진행하는 동안에는 고마 화산의 분출과 비룽가 국립공원의 고릴라들을 카메라에 담으러 왔다. 나는 그때그때 매우 다른 상황에서 이런저런 이유로 르완다에 왔고, 떠났고, 돌아왔다. 르완다에 몇 번이나 왔더라? 정확히는 모르겠다. 하지만 난 늘 동일한 장소로 왔다. 내가 그렇게 결정한 것도 아닌데 나의 이야기 중에서 많은 부분이 결국은 그곳에서 일어났다. 키부 호수 부근의 그 땅에서.

죽음을
마주하다

이미 말했듯이 '엑소더스' 작업을 하는 동안 나는 극단적인 고통, 증오, 폭력을 너무 많이 봤다. 작업을 마칠 당시의 나는 완전히 너덜너덜해졌다. 하지만 그 르포르타주들을 밀고나간 것을 후회하지 않는다. "잔혹성과 직면한 상황에서, 좋은 사진이란 도대체 뭔가요?" 나는 가끔 이런 질문을 받는다. 내 대답은 간단하다. 사진은 나의 언어다. 어떤 상황이됐든 간에, 사진가는 아가리를 닥치고 바라보기 위해서, 사진을 찍기 위해서 그곳에 있다. 나는 사진으로 일하고 사진으로 내 의사를 표현한다. 그게 내가 사는 이유다.

나는 르완다를 사랑한다. 그저 르완다가 좋아서 그 나라의 노동자와 플랜테이션을, 그곳에서 자행되는 잔혹한 범죄와 아름다운 국립공원을 사진에 담아내려고 공을 들였다. 그리고 그 공포의 시기조차도 나는 진심을 담아 사진을 찍었다. 나는 모두가 그 일을 알아야 한다고 생각했다. 자기 시대의 비극을 몰라도 좋을 권리 따위는 아무에게도 없다. 우리 모두는 우리가 살기로 선택한 사회에서 일어나는 일에 어떤 식으로든 책임이 있기 때문이다.

우리 모두가 가담해 있는 이 소비 사회가 지구에 사는 많은 이들을 착취하고 빈곤에 빠뜨린다는 사실을 모두 인정해야 한다. 북반구와 남반구의 불평등이 야기한 비극들, 그로써 꼬리에 꼬리를 물고 일어나는 참사들을 우리는 라디오나 텔레비전에 힘입어, 신문을 읽고 사진을 보아 알아야만 한다. 그게 우리 세상, 우리가 책임져야 할 세상이다. 사진가가 재앙을 일으키는 게 아니다. 재앙은 우리가 참여해 있는 세상이 잘못 돌아가고 있다는 징후다. 사진가들은 기자들과 마찬가지로, 그 징후를 고스란히 비추는 거울이다. 내가 무슨 관음증이라도 있는 것처럼 말하지 말라! 관음증 환자는 르완다 참사를 방임한 정치가들, 설상가상으로 개입한 군인들이다. 그러한 국가 지도자들, 그리고 마땅히 해야 할 조치를 취하지 않음으로써 수백만의 죽음을 저지하지 못한 국제연합 안전보장이사회가 문제다.

나는 항상 인간을 존엄한 모습으로 보여주고자 노력해왔다. 그들 대부분은 잔인한 운명, 비극적 사건의 희생자들이었다. 그들은 집을 잃고서, 혹은 가까운 사람, 자기 자식이 살해당하는 모습을 목격하고 사진에 찍혔다. 대부분 무고한 사람들, 그런 불행을 당할 만한 이유가 하나도 없는 사람들이었다. 나는 모두가 그런 일을 알아야 한다고 생각해서 사진을 찍었다. 그건 내 시각이다. 하지만 누구에게도 내 사진을 보라고 강요하지는 않는다. 나의 목표는 어떤 교훈을 주는 것도 아니요, 연민을 자극해서 양심을 촉구하는 것도 아니다. 나는 도덕적·윤리적 의무를 느꼈기 때문에 그 이미지들을 사진으로 남겼다. 이렇게 묻고 싶은 사람들도 있으리라. 그처럼 고통스러운 순간에, 뭐가 도덕이고 뭐가 윤리란 말이오? 죽어가는 사람을 마주하고서 내가 셔터를 누를 것인가 말 것인가를 결심하는 그 순간에.

오 인스치투토 테하,
유토피아의 실현

2000년에 우리는 『엑소더스』와 『엑소더스의 아이들』을 출간했다. 고향을 떠나는 사람들은 대개 피해자 입장이고, 그들의 아이들은 더욱더 큰 피해자다. 그 아이들은 곧잘 믿기지 않는 적응력, 처세 감각, 유머를 보여주었다. 하지만 나는 무엇보다도 굶주리고, 지저분하고, 부상당하거나 신체 일부를 잃어버린 그 아이들의 눈빛에서 큰 충격을 받았다. 나는 "이 사진들을 바라보면서 이 얼굴들의 이면에 있는 삶을 생각하게 될 모든 어린이들에게" 사진집을 헌정했다.

'엑소더스'의 사진들은 온 세계에 퍼졌다. 굉장히 많은 사람들이 그 사진들을 보았을 것이다. 그 사진들은 유명한 미술관과 전시회장에 걸렸고, 전 세계 잡지에 실렸다. 나는 강연도 엄청나게 다녔다. 그러는 동안, 나는 정신적으로나 육체적으로나 말이 아니었다. 그전까지 나는 인간이 같은 인간에게 그렇게 잔인해질 수 있으리라고는 상상도 못했다. 도저히 받아들일 수가 없었다. 나는 몹시 우울해졌고 비관론에 빠져들었다. 나는 경제적·사회적·정치적 혼란으로 인한 우리 지구의 현 상태에도 절망하고 있었다. 쓰러진 그 모든 나무들, 훼손된 그 모든 풍광, 파괴된 생태계. 그래서 나는 공해와 삼림 파괴를 고발하는 프로젝트를 구상해야겠다고 생각했다. 그동안 렐리아는 우리 부모님이 1990년에 우리에게 물려주신 브라질의 황무지에 숲을 다시 조성한다는 멋진 아이디어를 냈다. 그렇게 우리는 정신 나간 모험에 뛰어들었고, 나무들은 불현듯 다시 자라기 시작했다.

16세기에 포르투갈 인들이 처음으로 상륙했을 때만 해도 3500킬로미터에 달하는 브라질 연안은 내륙으로 350킬로미터까지 대서양 삼림으로 빼곡하니 뒤덮여 있었다. 이 삼림 지역의 크기만 해도 프랑스 국토 면적의 2배나 되었다.

우리 부모님의 땅도 그곳의 생태계에 속해 있었다. 나와 렐리아가 정치적 사면에 힘입어 브라질로 돌아갈 수 있게 된 후에 가보니 그곳의 나무들은 다 잘려나가고 없었다. 떡갈나무 비슷하게 생긴 그 근사한 페로바들, 그 밖의 다른 수종들도 비약적으로 성장하는 브라질 도시들의 가옥 건축 수요, 그리고 철강 공업에 쓰이는 목탄 수요로 남아나지 않았다. 숲이 파괴되면 빗물을 잡아주는 나무뿌리들이 없어서 홍수가 나기 쉽다. 우리 부모님의 땅은 한때 푸르른 방목지, 논, 숲이었으나 이제 민둥산 비슷하게 변해 있었다. 내가 어릴 때에는 그 땅에 30여 가구가 옹기종기 살았었는데 이제 달랑 소 치는 사람만 남아 있었다. 그곳에 가볼 때마다 땅이 점점 더 빨리 황폐해지는 것이 눈에 보였다.

렐리아는 그 참담한 땅을 앞에 두고 어느 날 이렇게 말했다. "세바스치앙, 우리가 다시 나무를 심어요." 우리는 아무런 사심이 없었다. 우리는 그곳에 거주하지도 않았고, 나무 한 그루 가격이 얼마인지도 모르는 사람들이었다. 하지만 우리는 한 번 운을 시험해보기로 했다. 우리는 생태계 복원

작업으로 유명한 조경 기사 헤나투 지 제주스Renato de Jesus를 찾아갔다. 헤나투는 우리 땅의 현 상황과 토양을 분석했다. 그러고는 6개월 후에 앞으로 나무 250만 그루를 심는다는 프로젝트를 제시했다. 게다가 수종 다양성도 고려해야 했다. 생태계를 복원하려면 최소한 200종의 서로 다른 나무들을 심어야 한다고 했다. 어떻게 일을 벌인담? 돈은 어디서 구한담? 우리도 알 수 없었다. 하지만 우린 생각했다. '해보지 뭐!' 토착 수종으로 숲을 되살리는 일에 미쳐 있던 헤나투는 생태계 복원은 절박한 문제이니만큼 많은 사람들이 도움의 손길을 뻗어줄 거라고 자신 있게 말했다.

나는 워싱턴 세계은행과 약속을 잡았다. 관계자들은 우리 계획이 한마디로 미친 짓이라고 했다. 그래도 그들은 우리를 대단히 흥미로운 브라질 생태주의 네트워크와 연결해주었다. 이 네트워크의 구성원들은 대부분 내 고향 미나스 제라이스 주를 활동 거점으로 삼고 있었다. 우리는 거기서 또다른 '미친놈' 셀리우 무릴루 발리Célio Murilo Vale를 만났다. 그는 미나스 제라이스 주에서 공원삼림청 청장을 맡고 있었다. 그는 단박에 우리 아이디어에 열광하며 지원을 굳게 약속했다. 우리는 셀리우와 함께 완전히 황무지가 다 된 땅에서부터 브라질의 국립공원을 만드는 초유의 위업을 달성했다. 우리가 약속한 사항은 토착 수종들로 숲을 재건하겠다는 것뿐이었다. 그리하여 부모님이 물려주신 땅은 보호받을 수 있게 됐다. 자연 유산 보호 구역으로 묶여서 더는 농경지나 방목지로 쓰이지 않게 된 것이다. 처음에는 아버지도 우리의 프로젝트를 크게 믿지 않았다. 무엇보다도, 땅을 잘 알지도 못하는 도시민들의 뜬구름 잡는 수작이 잘될 리 없다고 생각했다. 하지만 아버지는 95세를 일기로 돌아가시기 전까지 나무들이 제 권리를 되찾는 모습을 충분히 지켜볼 수 있었다.

프로젝트에 돈을 대기 위해서 우리는 우리 작업의 결실을 바치기로 결심했다. 헤나투는 우리 고향을 거점으로 하는 광업 회사 발리 두 리우 도시(지금의 발리 사)를 위해서 일했는데, 그쪽 관계자들도 우리 계획을 미친 짓이라고 하면서도 지원을 약속했다. 이 회사도 천연 수종을 다시 심어야 할 필요에서 묘상苗床을 관리·운영하고 있었는데, 거기서 키운 묘목들과 몇 명의 인력을 우리에게 보내주었다. 그들은 우리에게 이런저런 기금도 나눠주었다. 세계은행과 손잡은 브라질 생물다양성재단에서도 기금을 보내주었다. 우리는 브라질 연방정부, 미나스 제라이스 주와 이스피리투 산투 주에서 가장 크게 도움을 받았다. 브라질의 여러 기업과 재단에서도 도움의 손길을 뻗어주었다. 프랑스와 모나코 기업 및 재단 들도 큰 도움을 주었다. 스페인에서는 아스투리아스 주와 발렌시아 자치주에서, 이탈리아에서는 에밀리아 로마냐 주, 로마 현, 프리울리 주, 파르마 시에서 도움을 주었다. 이러한 성원으로 우리는 이미 300종 이상의 나무 200만 그루를 심었다! 우리의 일은 아직 끝나지 않았다. 우리는 2050년까지 이 자연 보호 구역의 삼림 조성을 마칠 뿐 아니라 우리가 깊은 애착을 갖고 있는 이 거대한 골짜기 일대에 5000만 그루 이상의 나무가 다시 자라도록 힘쓰려 한다.

그렇지만 1999년, 우기가 끝난 11월에 처음으로 나무를 심을 때만 해도 솔직히 한 그루나 제대로 자랄까 싶었다. 그렇지만 2000년의 중반이 되자 나무들은 70센티미터 높이까지 자랐다. 소관목은 사람으로 치면 아기나 다름없다. 갓 태어난 아기는 완전히 별개의 인간이다. 아기는 사랑으로 키우고, 보호해주고, 걸음마부터 시작해서 전부 다 가르쳐야 하지만 이미 매사에 사람다운 반응을 할 줄 안다. 소관목도 마찬가지다. 여섯 달 된 70센티미터짜리 나무도 이미 어엿한 어른나무의 구조를 다 갖추고 있다. 곤충들이 자그마한 꽃에 먹이를 구하러 온다. 작고 여린 잎이 땅에 떨어지면 개미들이 우르르 달려든다. 나무는 이미 그 자체로 하나의 우주다. 렐리아는 늘 "우리 숲은 아기예요."라고 말하곤 했지만, 어쨌든 이미 숲은 있었다.

우리는 이제 독자적으로 묘상을 꾸리고 미나스 제라이스주와 이스피리투 산투 주의 생태학적 프로그램을 위해 종자를 제공하는 입장에 있다. 우리 묘상은 100종 이상의 다양한 식물을 100만 본을 키울 수 있다. 과거 농장 축사 주위로 건물들이 들어섰고 현재 이곳에 '인스치투투 테하'라는 교육 센터가 들어섰다. 인스치투투 테하는 삼림 감시원, 경작자, 행정 단체장, 불도저 기사 등을 대상으로 연수를 실시한다. 또한 지역 초등학교 어린이들의 견학 장소로도 활용되어 어려서부터 삼림 벌채의 문제점을 자각하고 생물 다양성의 중요성과 생태계 회복의 필요성을 깨닫도록 교육하는 역할도 한다.

동물들도 많이 돌아왔다. 우리 숲의 먹이사슬에서 가장 큰 동물 재규어까지 볼 수 있게 됐다. 재규어는 여기서 먹잇감을 찾을 수 있으니까 어슬렁대는 거다. 이건 숲의 먹이사슬이 회복됐다는 뜻이다. 우리의 땅은 내가 어렸을 때보다 되레 더 아름다워진 듯하다. 그 풍광을 마주하자 일종의 마법이 내게 돌아왔다. 그래서 렐리아와 내가 이 세상의 아름다움을 보여주는 사진 이야기를 시작해봐야겠다고 마음먹기까지는 오랜 시간이 필요하지 않았다. 그건 만물의 시작에 대한 이야기였다. 우리는 그 숲을 새로이 조성하면서 하나의 라이프사이클을 다시 만들어가고 있었기 때문이었다.

우리는 가장 큰 비영리 환경 보호 단체에서 교육을 받았다.

워싱턴에 있는 컨서베이션 인터내셔널Conservation International
은 전 세계의 훼손되지 않은 자연을 감시한다. 우리는 이 기
구 덕분에 지구의 약 46퍼센트가 아직 보존되고 있음을 알
았다. 인간은 이미 지구의 절반을 파괴했고 그 정도만 해도
어마어마하다. 하지만 거의 절반에 달하는 나머지가 아직
망가지지 않았다니, 나로서는 기뻐 뛸 일 같았다. 아마존 삼
림의 일부는 실제로 크게 파괴되었지만 아직 최소한 75퍼
센트는 남아 있고 그중 상당 부분이 브라질에 있다. 세계 어
디서나 인간은 열대 우림을 한 자락씩 망가뜨리고 있다. 그
래도 아직 남아 있는 부분이 많은 것 또한 사실이다. 또한 접
근이나 진입이 어려운 탓에 인간의 파괴 행위를 피할 수 있
었던 장소들이 있다. 북반구와 남반구의 사막, 그리고 혹한
지역이 그렇다. 남극은 99.9퍼센트 자연 그대로 남아 있다.
해발 3000미터 이상의 고지대들도 개발이 어려운 탓에 제
모습을 지켰다.

우리는 심사숙고하고 토론해서 차츰 프로젝트를 구체화
했다. 그 후, 자금을 구하러 나섰다. 프랑스의 『파리 마치』,

미국의 『롤링 스톤』, 스페인의 『라 방가르디아』, 포르투갈의 『비장』, 영국의 『더 가디언』, 이탈리아의 『라 레푸블리카』와 특별호 발행 계약을 맺었다. 처음에는 이러한 계약들과 출판물 발행으로 8년간의 작업 비용을 댈 수 있을 거라 기대했다. 하지만 신문 잡지계는 인터넷의 대중화로 재정이 악화되었고 우리는 다른 파트너들을 찾아야 했다. 미국의 재단들, 우리와 손잡은 브라질 발리 사 같은 기업들을 말이다.

처음으로
돌아가

'제네시스'의 콘셉트는 2002년에 나왔다. 이번 프로젝트에서는 혹한과 혹서, 건조한 땅과 습한 땅을 넘나들며 자연이 보존되어 있는 곳을 찾아갈 32번의 르포르타주를 구체적으로 계획해야 했다. 나 개인적인 준비에 대해서 말하자면, 나는 오랜 세월과 경험에 닳고 닳아 있었다. 나는 영하 30도의 추위, 고지대, 습한 고장, 불볕더위에서도 살아가기 위해 필요한 모든 물품을 트렁크 네 개에 나눠 챙겼다. 쌓아온 시간이 있는지라 내가 생각하는 필수품은 보통 사람들이 생각하는 필수품과 자못 다르다. 일단 사진 장비가 무엇보다 중요하다. 내 카메라들, 그리고 내 소중한 필름들을 정리해두는 소형 트렁크가 우선이다.

'제네시스' 초기에는 어시스턴트를 두지 않았다. 그래서 촬영을 떠날 때면 늘 그랬듯이 나 혼자 그 많은 짐을 다 가져가야 했다. 2004년 1월 4일, 갈라파고스 제도로 첫 르포르타주 작업을 나가면서 현장 가이드를 구하긴 했지만 어쨌든 파리에선 나 혼자 출발했다. 2005년에 남극 촬영을 나갈 때에는 프랑스 TF1 방송국의 '우슈아이아' 프로그램 리포터 질 케바일리와 함께 '타라' 호•를 탔다. 그 친구는 이런 유의 르포르타주에는 지켜야 할 안전 수칙이 굉장히 많기 때문에 더 이상 혼자 다니면 안 된다고 조언했다. 실제로 빙하 위를 걸어보니 자칫 아무것도 아닌 일로도 크레바스에 추락할 법 했다. 그는 내게 어시스턴트를 두라고 설득했다. 나는 파리에 돌아와서 고산 지대 가이드 자크 바르텔레미를 만났다. 그에게서 걷는 법, 로프와 추락 방지용 안전벨트를 장착하고 사용하는 법 등을 처음부터 다시 배웠다. 그 후, 바르텔레미는 상당수의 르포르타주 작업에 동행했다.

• 스쿠너선 '타라' 호는 에티엔 부르주아의 지휘하에 환경 보호와 탐사라는 두 가지 임무를 띠고 항해했다. 타라 호 대원들은 2006년 9월에서 2008년 2월까지 '국제 극지의 해'를 기념하여 남극 대양을 항해하며 기후 변화로 인한 현상들을 관측했다. -저자 주

렐리아와 나는 도보, 경비행기, 선박, 카누, 심지어 열기구까지 이용해서 전 세계를 누비고 다니게 될 8년의 여정을 꼼꼼하게 계획했다. 특히 열기구 탑승은 가장 아름다운 추억의 하나로 남아 있다. 일상 속의 남자, 여자, 아이 들을 보여주는 데 그토록 오랜 세월을 쏟았던 나는 이제 화산, 모래 언덕, 빙하, 숲, 강, 협곡, 고래, 순록, 사자, 펠리칸을 찍을 터였다. 정글, 사막, 빙산의 세계를 보여줄 터였다.

나는 이제 비극을 목격하기 위해서가 아니라 원대한 아름다움을 포착하기 위해 아프리카에 여러 차례 가서 큰 기쁨을 느꼈다. 나는 사하라 사막도 걸어보았다. 지구의 몇몇 보호 구역들, 특히 섬들을 많이 찾았다. 앞에서 갈라파고스 제도 얘기도 했지만 자연환경을 상당히 잘 보존하고 있는 마다가스카르 섬, 수마트라 섬, 멘타와이 제도도 방문했고 뉴기니와 서파푸아 일대도 두루 살펴보았다. 유럽에서는 작업하지 않았다. 유럽에는 사실상 개발되지 않은 땅이라곤 전혀 없다. 유럽 어디서나 인간의 개입과 공해의 폐해를 여실히 느낄 수 있다. 반면, 아시아 대륙은 두루 다녔고, 히말라

야도 올라갔으며, 러시아 중 유럽이 아니라 아시아에 걸쳐 있는 지역은 세 차례 방문했다. 남아메리카와 북아메리카도 꽤 많이 둘러봤다. 미국은 국립공원을 지정하고 그곳을 철저하게 보호함으로써 의외로 자연환경과의 연계를 꽤 탄탄하게 유지하고 있었다. 미국에서 캐나다로 올라갔고, 그 후에는 알래스카의 혹한과 맞섰으며, 북극의 거대한 얼음산들을 마주했다. 나는 아마존 일주를 했다. 아르헨티나, 칠레, 베네수엘라를 방문했다. 케이프호른과 남극 사이에 있는 칠레의 디에고 라미레스 제도에도 갔다. 그다음에는 활화산 지역이자 펭귄들의 보호 구역으로 유명한 포클랜드 제도, 사우스조지아와 사우스샌드위치 제도를 찾았다. 브라질에서 흔히들 하는 말마따나, 그 섬들은 나에게 세상의 끝이나 마찬가지였다. 그렇게 머나먼 섬이었기에 그곳에서 비로소 새로운 바람을 맞고 돌아올 수 있었다. 나는 믿을 수 없으리만치 다채로운 풍광들을 보았고 모든 여행은 비교할 수 없는 독보적인 기억으로 남았다.

그 세월은 정말 굉장했다. 나는 한량없는 기쁨을 얻었다.

끔찍한 꼴을 구역질 나도록 보고 나서 그렇게나 아름다운 것들을 보다니! 아마조나스 팀이 손을 써준 덕분에 나는 이 르포르타주들을 진행하면서 중간중간 국제적인 언론 매체에 사진을 발표할 수 있었다. 2013년 4월에 두 권의 『제네시스』가 나왔다. 내가 전체 프로젝트를 마치기도 전에 런던, 뉴욕, 브라질, 토론토, 로마, 싱가포르, 그리고 물론 파리에 이르기까지 전 세계 주요 미술관들에서 이 사진들의 전시회를 예정해놓았다. 렐리아와 나는 우리가 사는 지구에 경의를 표하고 싶었다. 아직 시간이 있을 때 지구를 존중하고 보호해야 할 필요를 일깨우기 바랐다. 렐리아는 내가 르포르타주를 진행하는 현장에 곧잘 찾아오곤 했다. 우리가 함께 장엄한 대자연 앞에서 숨죽인 적이 몇 번이었던가. 자연에서 살아가는 수백만 종들을 지배하는 그 생명의 온전함에 우리는 숨이 멎을 듯 압도당했다. 정말이지, 지구는 우리에게 인간성에 대한 놀라운 가르침을 주었다. 나는 나의 지구를 발견함으로써 나 자신을 발견했다. 나는 우리 모두가 하나의 전체, 지구라는 체계의 일부임을 알았다.

가령 갈라파고스에서의 첫 르포르타주에서 하루는 이구

아나를 관찰했다. 언뜻 보기에는 인간이라는 종과 그 파충류가 무슨 상관이 있을 것 같지 않았다. 하지만 이구아나의 앞발을 눈여겨보던 나는 불현듯 중세 병사의 손을 떠올렸다. 이구아나의 비늘이 중세의 쇠그물 갑옷을 연상시킨 순간, 그 비늘 아래 발가락들이 내 손가락들과 똑 닮아 보였다! 그때 나는 생각했다. 저 이구아나도 내 친척이나 마찬가지구나. 나는 우리 모두가 동일한 세포에서 유래했고 그 후 각 종은 자기 생태 환경에 맞게 자기 방식대로 오랜 세월에 걸쳐 진화했다는 증거를 똑똑히 보았다. 내가 찍은 이구아나의 앞발 사진은 널리 퍼졌고 언론에도 자주 실렸다. 그 사진이 이러한 나의 생각을 전달했다면 나는 굉장히 행복할 것이다. 요컨대, 나는 '제네시스'로 생명체의 존엄성과 아름다움을 그 모든 구성요소들을 통해서 보여주고 싶었다. 그리고 우리 모두가 동일한 기원에서 나왔다는 얘기를 하고 싶었다. 이구아나와의 만남은 우리가 이미 골라놓은 '제네시스'라는 타이틀에 확신을 더해주었다. 나로서는 이 타이틀이 종교와 전혀 상관없다.* '제네시스'는 종의 다양성을

---

* '제네시스Genesis'에는 '창세기, 기원, 발생' 등의 뜻이 있다. -역자 주

가능케 했던 태초의 조화로움을 가리킬 뿐이다. 우리 모두

가 속해 있는 그 경이로움을.

'제네시스'와
인간

　식물, 광물, 동물 사진을 찍는 작업은 그때까지 사회 문제들에만 천착해 있던 나의 사진 인생에서 획기적인 일이었다. 그건 진정한 모험이었고 대단한 배움이었다. 하지만 그렇다고 해서 내가 인간을 잊은 것은 아니었다. 나는 단지 살아가는 모습 그대로의 인간, 수만 년 전에 살았던 모습 그대로의 인간을 만나러 갔을 뿐이었다.

　나는 인간이라는 종의 기원을 되찾기 위해 아직도 자연과 조화를 이루며 살아가는 인간 집단들을 카메라에 담았다. 그들이 꼭 우리 문명에서 가장 동떨어진 부족들이란 법은 없다. 가령 나는 브라질 중부 마투 그로수 주의 싱구 강 상류 지역을 찾아갔었다. 이곳을 지나가는 싱구 강은 아마존 강의 한 지류다. 이곳에서는 벨기에의 두 배 크기 면적의 땅에 아라와크 어, 카리브 어, 투피 어를 사용하는 2500명 가량의 원주민이 열세 개 마을을 이루고 산다. 이 원주민들은 1950년대에 처음 발견되었다. 지금도 이 원주민들은 통tong을 두르고 큰 칼을 사용한다. 이들은 태양광 집열판을 이용해 무선 통신을 포착한다. 매일 오후 국립인디언재단FUNAI의 무선 통신으로 건강 상태를 확인하고 그곳에 상주하는 간호사가 혼자 힘으로 해결할 수 없는 상황에는 경비행기가 와서 환자를 병원까지 실어간다. 따라서 이 원주민들은 자기들이 다수의 바깥에서 살아가는 소수에 속한다는 점을 잘 알고 있다. 그들은 세계가 어떻게 돌아가는지도 알고 있고, 서구 문명이 어떤 것인지도 대충 알고 있다. 그런데도 그들은 여전히 벌거벗은 채 우주적이고 신화적인 영감과 의식에 기초한 역법에 맞춰 살아간다. 이 마을 저 마을로 돌아가며 그러한 역법에 맞게 의식을 올리고 그때마다 다른 마을 사람들을 초대하곤 한다.

나는 2005년 여름에 이 지역에서 석 달을 머물며 쿠이쿠로 족, 와우라 족, 카마유라 족을 찍었다. 쿠이쿠로 족은 약 450명이 두 마을로 나뉘어 살고 있고, 카마유라 족도 약 350명이 두 마을로 나뉘어 살고 있으며, 와우라 족은 320명쯤 된다. 나는 잊을 수 없는 순간들을 함께했다. 카마유라 족과 지낼 때에는 아무리쿠망Amuricumā 의식에 참석했다. 아무리쿠망은 여성들에게 권력을 넘겨주는 의식이다. 이곳에 전해내려오는 옛이야기에 따르면, 하루는 남자들이 모두 사냥에 나갔다가 마법에 걸려 돼지로 변했단다. 사냥 나갔던 사내들이 돌아오자 여자들은 그들을 두들겨 패고 돼지로 취급했다. 여자들은 전권을 쥐고 그네들의 식생활의 근간이 되는 고기잡이라든가 그 밖의 중요한 일들을 다 주도했다. 그래서 아우리쿠망 의식이 이루어지는 한 달 동안은 여자들이 남자들에게 명령을 하고 남자들은 무조건 여자들을 도와야 한다. 그러다 의식이 끝나면 평소와 같은 생활로 돌아온다.

쿠이쿠로 족과 와우라 족 마을에서는 주민들이 '쿠아룹Kuarup' 의식, 즉 장례 준비에 분주한 모습을 지켜봤다. 나는 어릴 때 브라질 잡지에서 이 의식을 설명하는 기사와 사진을 접하고 한 번 직접 보고 싶다는 꿈을 가졌었다. 죽은 자들에게 바치는 이 경의는 일 년 내내 계속되지만 특히 마지막 3주 동안 정점에 이른다. 의식을 마치는 잔치에 앞서 남자와 여자, 어린아이 들까지 총동원해서 보름 동안 고기잡이를 하고 그 후 서너 부족(1000~1500명)을 초대해서 잔치를 벌이고 함께 즐긴다. 우리도 모두 그들의 뗏목을 함께 타고 석호潟湖를 거슬러 올라갔다. 마을에는 노인들과 개들만 남았다. 원주민들은 고기가 잘 잡히는 곳에 화로대 비슷한 것을 만들었다. 물고기는 잡는 즉시 보존하기 좋게 훈연燻煙했다. 훈연한 물고기는 두툼한 나뭇잎으로 싸놓고, 그런 식으로 물고기들을 모아서 30킬로그램쯤 되는 꾸러미를 몇 개씩 만들었다. 물고기를 충분히 잡았다 싶자 꾸러미를 챙겨 마을로 돌아왔다. 마을에서는 이미 그동안 비축해놓은 전분을 꺼내놓고 있었다. 마니옥 뿌리에서 얻는 이 전분은 그들의 식생활에 기본이 된다. 초대 손님들은 도착해서 물고기와 마니옥 전분 요리로 포식을 한다. 초대받은 각 부족은 특정 종류의 나뭇잎을 태워서 얻는 향신료와 소금을 선물로 들고 온다.

그들은 숲 속에서 해먹을 걸 수 있을 만큼 공간이 어느 정도 트인 곳을 찾아 마을을 이룬다. 이곳 원주민들은 모두 해먹에서 잠을 잔다. 원주민 한 사람 한 사람은 굉장히 자율적으로 움직인다. 사냥이나 고기잡이를 나갈 때면 해먹, 활, 화살, 고기잡이 도구를 가지고 간다. 그들에게도 필수품 개념은 있다. 나도 그들과 함께 지내는 동안은 줄곧 해먹에서 잠을 잤다. 하지만 나는 평생 해먹에서 잠잘 수도 있는 사람이다. 게다가 파리에 있는 우리 집에도 해먹이 여러 개 있다. 브라질 사람들은 이 토착 문화의 한 요소를 차용했다. 실제로 브라질 북부와 북동부에는 침대 대신 해먹을 잠자리로 사용하는 사람들이 수백만 명이나 있다.

'쿠아룹' 잔치는 대단히 아름답다. '쿠아룹'이라는 명칭은 일 년 전에 죽은 사람을 상징한다고 여기는 나무의 이름에서 따왔다. 남자들은 샤먼이 의식을 주재하는 동안 쿠아룹 나무를 베러 간다. 남자들이 이 나무를 베어서 빈터로 옮겨

놓으면 의식에 참여하는 이들이 그 주위에 둥그렇게 둘러선다. 각자 죽은 이가 좋아했던 것을 제물로 가져와 바친다. 그 후 나무를 둘러싸고 눈물을 흘리며 춤을 춘다. 고인이 살면서 베풀었던 사랑을 돌려주는 그들의 방식이랄까. 그들은 생전에 주위 사람들을 즐겁게 해주었던 고인에게 보답하는 동시에 남은 자들의 슬픔을 이런 식으로 표현한다. 200~300명이 동시에 춤을 추는 동안 악사들은 스위스의 알펜호른 비슷한 악기를 연주한다. 노래, 춤, 눈물, 웃음으로 열흘 남짓을 보내며 흉중의 앙금을 죄다 씻어낸 후에는 남자들은 남자들끼리, 여자들은 여자들끼리 힘자랑에 들어간다. 마치 로마의 원형 경기장에서처럼 둘씩 붙어 격투를 벌이는 것이다. 이러한 격투 시합의 목적은 타인을 공격하기 위해서라기보다는 자기 힘을 과시하는 데 있다. 그렇지만 몇몇 사람이 부상을 입는 사태는 피할 수 없다. 마지막으로, 고인에게 바쳤던 선물들을 참석자들에게 다시 나눠주고 쿠아룹 나무는 들고 가 강물에 던져버린다. 이렇게 추모 의식은 모두 끝났다. 죽은 자의 혼령은 이제 물러났다. 이러한 의식들은 의미심장할 뿐 아니라 풍부하고 강렬한 감정을 담아

내고 있다. 그런 자리에 함께할 수 있었으니 나는 참 운이 좋
았다.

기원에 대한 존중

아마존 일대의 원주민 부족들에 대한 나의 다른 르포르타주들도 그렇지만, 이 르포르타주 연작들을 준비하기 위해서 나는 장기간 인류학자들의 자문을 구했다. 또한 브라질 내무부 산하의 FUNAI와도 손을 잡았다. FUNAI와 이곳의 교두보 역할을 하는 '인디언 권리주의자'들을 비판하는 사람도 많다. 이들이 추구하는 인디언들의 행복이 정작 인디언들의 뜻은 고려하지 않는다는 둥, 보호를 빙자하여 그들에게 필요한 것을 그들 대신 결정한다는 둥 말이 많다. 하지만 정도의 차이는 있을지언정 생존을 위협받고 있는 이 소수 집단들에게 FUNAI가 대단히 중요한 역할을 해주었다는 점은 부인할 수 없다. FUNAI는 이러한 성공에 일익을 담당했고 그 덕분에 브라질은 국토의 12.5퍼센트 이상(프랑스 국토의 1.5배)을 법으로 인정하는 인디언 보호 구역에 할애한 유일한 국가가 되었다.

과거에는 아마존 유역에 살던 인디언 부족들이 그들의 땅에서 쫓겨나기도 했다. 싱구 강 상류에 살던 인디언들처럼 1950년대에 처음 발견되어 그들의 고향에서 멀지 않은 마투 그로수 주 내의 다른 도시들로 실험적으로 이주해 살았던 이들도 있었다. 하지만 그들의 기본적인 생활 방식은 수렵과 채집이었다. 그들은 농장에서의 농사일도, 도시에서의 일도 몰랐다. 그래서 금세 마르크스주의가 '룸펜 프롤레타리아트lumpen proletariat'로 지칭하는 계층, 즉 최하위의 빈민층으로 전락해버렸다. 도시로 이주한 인디언들의 상당수는 술독에 빠졌고 그들 중 다수가 한을 품고 죽었다. 어떤 이들은 고향 마을로 돌아가 조상들의 풍습을 되찾았다. 그들은 전통적인 생활로 완전히 돌아오지는 못했지만 자기들이 원래 쓰던 언어, 생활 방식, 문화, 역사를 되찾았다. 어쨌든 자기들의 운명을 스스로 지배할 수 있게 된 것이다.

1995년, 브라질에 좌파 정부가 들어서면서 소수 종족들의 상황은 변했다. 인디언들이 거주하는 지역의 경계가 설정되거나 법적으로 보호받게 된 것이다. 인디언 권리주의자들은 때때로 인디언들의 땅을 불법으로 차지한 농장주들을 내쫓는 쾌거도 이룩했다. 2013년 6월에 나는 국제적인 소수 종족 보호 단체 '서바이벌 인터내셔널Survival international'과 FUNAI와 손을 잡고 아와 족의 땅에 르포르타주 작업을 하러 갔다. 이 지역을 함부로 침범하는 농장주들과 불법 벌목꾼들을 고발하기 위해서였다. 아와 족의 땅과 숲은 브라질 국유지이기도 하다. 게다가 싱구 국립공원 인근의 대규모 콩밭에서 사용하는 농약과 화학 비료가 싱구 강으로 흘러들어가는 물을 오염시키는 것도 큰 문제다. 삼림 파괴는 이 지역의 생태계를 뒤바꿔놓았다. 게다가 강 상류에 수력 발전 댐을 건설한 탓에 하천의 폭과 유량에 변화가 발생한다. 현재 싱구 강 중류에 건설 중인 초대형 댐 벨루 몬치는 숲, 강, 토착 인구에게 어마어마한 위협이 되고 있다. 댐 건설 프로젝트가 완료되면 환경에 대한 우리 시대의 가장 큰 범죄 중 하나로 틀림없이 남게 되리라.

FUNAI가 없었다면 어떤 부족들은 아마 지금 존재하지도 않을 것이다. 예를 들어 내가 2009년에 만났던 조에 족은 당시 278명이 남아 있었다. 조에 족은 대서양 연안에 거주하는 투피과라니어 족에 속하는 소수 종족이다. 하지만 조에 족은 바다에서 먼 곳으로 이주했다. 언제인지 모를 아주 먼 옛날에, 그들 중 몇 명이 숲으로 들어가 다시는 나오지 않은 것으로 보인다. 16세기 예수회 선교사들은 아마존 강에서 멀지 않은 곳에서 조에 족을 보았다는 기록을 남겼다. 그 후 오랫동안 이 종족의 소식은 끊겼다가 최근에야 다시 발견되었다. 조에 족은 아랫입술과 턱 사이에 한눈에 알아볼 수 있는 나뭇조각을 끼우기 때문에 그들의 정체를 파악하는 데에는 문제가 있을 수 없다. 1982년, 북아메리카 선교사들은 이 '길 잃은 영혼들'을 주님 품으로 인도하겠다는 목적에서 조에 족을 찾으러 나섰다. 이때 FUNAI와 브라질 연방 경찰은 선교사들을 즉시 쫓아내고 그들이 가져가려고 했던 모든 것을 압수했다. 조에 족은 이때의 접촉을 제외하면 계속 자기들끼리 고립되어 살다가 최근에야 규제된 틀 안에서 백인들의 방문을 드물게나마 허락하고 있다. 나 또

한 그러한 절차를 통해 그들을 만났다.

FUNAI는 인디언들이 합의하는 선에서 외부인들의 방문을 허가한다. 그렇지만 방문에 따르는 보건 위생 수칙은 굉장히 엄격하다. 감염성 질병에 걸린 적 없는 인디언들에게 우리가 그러한 병을 옮길 위험이 있기 때문이다. 또한 방문자들은 인디언들을 만나기 전에 이런저런 검사를 받고 주의 사항을 잔뜩 들어야 한다. 가령, 인디언 아이들에게 사탕을 주어서는 안 된다. 그들의 치아 상태는 건강하기 이를 데 없다. 우리가 설탕을 그들에게 전해주면 충치도 전해주게 될 것이다. FUNAI는 방문객과 인디언의 협상도 관리한다. 우리가 그들에게 가서 작업하는 대가로 무엇을 제공해야 하는지 FUNAI가 중간에서 함께 결정한다. 인디언들은 대부분 돈보다 선물을 선호한다. 어떤 부족은 선외 발동기를 요구했다. 또 어떤 부족은 장신구를 만드는 데 쓰는 조그만 유색 진주들을 부탁했다. 우리는 부탁받은 물품을 전달했다. 하지만 인디언들은 우리에게 미리 중국산은 예쁘지 않으니까 싫다고 말해두었다. 그들은 최고의 품질로 치는 체코산을 요구했다!

    나는 조에 족 마을에서 두 달을 보냈다. 나와 동행한 브라질리아 대학 소속 언어학자 아나 수엘리 아후다Ana Sueli Arruda가 나와 그들 사이의 의사소통을 도와주었다. 시간이 어느 정도 흐르고 나는 이푸라는 사람과 친해졌다. 나는 이푸를 꽤 좋아했다. 우리는 몇 시간이고 함께 걸었고, 이푸는 뱀을 찾아내는 재주가 귀신 뺨쳤다. 이푸가 뱀을 찾아 화살을 날렸다 하면 백발백중이었다. 그는 나의 스위스칼에 홀딱 반했다. 하지만 나는 FUNAI 책임자 주앙에게 인디언에게 개인적으로 어떤 물건도 주어선 안 된다는 당부를 들었다. 나는 이푸에게 설명을 했다. 스위스칼을 주고 싶은 마음은 굴뚝같지만 그랬다가는 주앙이 다시는 그를 만나러 오지 못하게 할 거라고 말이다. 이푸는 이렇게 말했다. "좋아, 그럼 비행기를 타고 가면서 그 칼을 밖으로 버려. 비행기가 어느 쪽으로 날아가는지 아니까 내가 가서 칼을 찾아올게." 나는 그것 참 묘안이라고 생각했다. 밀림에서 뭔가를 찾아내기란 거의 불가능한 일이지만 이푸는 자신만만했다. 내가 내던진 칼도 이푸는 찾아내고 말 거라는 믿음이 갔다. 그렇지만 나는 결국 칼을 던지지 않았다. 아무도 인디언들에게 좋은 것이 무엇일지 결정할 권리는 없다지만 나는 FUNAI의 규칙을 준수하기로 마음먹었다. 판단은 내가 계획한 일이 아니다. 인류학적 분석은 더더욱 아니다.

내가 다녀가고서 한참 후인 2012년, 조에 족은 사라졌다. 더 이상 걸을 힘도 없는 노인들만 빼고 모두가 마을을 떠난 것이다. 그들은 밀림을 300킬로미터나 가로질러 도시를 보러 갔다. 나처럼 자기들을 찾아왔던 몇몇 백인들과 선교사들을 통해서 소문만 들었던 세상을 직접 만나러 간 것이다. 나중에 그들이 결국은 자기네 마을로 되돌아갔다는 소식을 들었다. 다른 누군가가 그들을 대신해서 결정한 일이 아니었다. 그들은 그저 원래의 생활 방식을 되찾기 원했을 뿐이다.

나는 조에 족의 정 많은 성품에 매료되었다. 그들은 폭력을 모르고 싸움도 하지 않는다. 더욱더 놀라운 점은 그들은 거짓말을 모른다는 것이다. 도대체 누가 이런 문명을 만들어냈는지는 모르겠지만, 조에 족은 거짓말을 하지 않는다. 오해가 발생하면 양측이 함께 나무 그루터기로 올라간다. 저마다 한쪽씩 자리를 잡고 있으면 마을 사람들이 그 뒤에 가서 선다. 저마다 차례차례 갈등의 원인을 토로한다. 한쪽이 어떤 주장을 하면 누가 거기에 말을 보태면서 그 주장을 조금 수정하거나 구분을 둔다. 그럼 다른 쪽에서 여기에 대응을 하고, 그런 식으로 얘기를 주거니 받거니 한다. 그 광경은 흡사 무슨 퇴마의식 같다. 어쨌든 화합 속에 오해는 풀리고 화해의 잔치가 한바탕 벌어진다.

조에 족에게 "안 돼."라는 말이나 억압은 존재하지 않는다. 내가 직접 겪어보고 배운 바다. 하루는 여자들과 어린이들을 촬영하는 중이었는데 한 아이가 쉴 새 없이 소란을 피워댔다. 한참이 지나도 도무지 나아질 기미가 보이지 않아서 나는 아나 수엘리를 통해서 엄마가 아이를 좀 차분하게 잡아줬으면 좋겠다는 말을 전했다. 아나 수엘리는 아이 엄마와 얘기를 나누고는 난처한 기색으로 나에게 설명했다. "세바스치앙, 이 사람들은 꾸중을 하거나 뭘 억지로 진정시킬 줄 몰라요. '안 돼'라는 말을 할 줄 모르는 사람들이에요."

그들은 최초의 인류들처럼 벌거벗고 살지만 카메라가 무엇인지 똑똑히 알고 있다. 심지어 부탁하지 않아도 렌즈 앞에서 포즈를 취한다. 나의 작업을 통해서 시선과 주목을 받는다는 느낌을 꽤 자랑스러워한다. 조에 족도 물에 비친 그림자 따위를 통해서 자기들이 어떻게 생겼는지 알고 있다. 그리고 선교사들이 여기 왔다가 쫓겨날 때에도 조에 족 여자들은 FUNAI를 설득해서 그 서양인들이 가져온 물건들 중에서 거울만은 두고 가게 했다. 그들은 자기 모습을 보여주는 그 물건 없이는 더 이상 살 수 없게 된 것이다. 하지만 거울을 제외하면 그들이 우리 세계를 딱히 부러워할 만한 이유는 없다. 그들에겐 그들 고유의 약전藥典이 있다. 자연 성분의 항생제, 소염제도 얼마든지 있다. 우리는 약을 만드는 과정을 산업화해서 합성 약품을 개발했다. 하지만 인디언들도 약을 만드는 기본 원칙들을 다 터득하고 있다. 총알이나 화살의 발사 기술과 관련한 법칙들도 그들은 일찌감치 알고 있었다. 그들은 화살을 멀리 보내느냐 특정한 표적에 명중시키느냐에 따라서 그때그때의 조건에 맞게 화살에 깃털을 달리 맬 줄 안다. 비록 우리가 이러한 법칙들을 수학적으로 정리했다지만 결국은 다 동일한 앎에 속하는 것이다. 조에 족은 남성, 여성 모두 여러 명의 배우자를 둔다. 하지만 이들에게도 매우 명확한 가계도가 있고 근친혼은 피한다. 요컨대 그들도 과학적으로 사회 체계를 만들어온 것이다. 그들은 어떤 신에게 기도를 올리지도 않고, 어떤 초월적 원리를 신봉하지도 않으며, 종교라고 할 만한 것도 없다. 하지만 그들도 경건하게 의식들을 치르거니와 지혜 또한 풍부하다. 조에 족은 연대에 대한 감각이 매우 예리하게 발달되어 있다. 남녀 사이에 정도 많고 자식들을 매우 사랑한다. 그들은 모든 면에서 우리와 똑같지만 1만 년 전의 인류가 그랬듯 단순하게 살아갈 뿐이다. 그들과 우리가 다른 점은 자연과의 관계다.

내가 '제네시스' 프로젝트를 추진하면서 만났던 모든 종족들이 그랬듯 조에 족도 자신들이 살아가는 환경을 완벽하게 알고 있었다. 도시에서 살게 된 후로 우리는 나무 이름도 모르고, 동물들의 발정기라고 해서 주의하는 법도 없고, 자연의 주기들에 대해서 무지해졌다. 그나마 유럽에서는 이농 현상이 수백 년에 걸쳐 일어났지만 브라질에서는 불과 50년 만에 농촌 인구 90퍼센트였던 나라가 도시 인구 90퍼센트인 나라로 둔갑했다. 그러한 급격한 변화는 인간을 자연으로부터 괴리시켜버렸다. 하지만 이런 현상은 전 세계 곳곳에서 나타난다.

나의
디지털 혁명

'제네시스' 프로젝트를 진행하던 중에 나는 아날로그 카메라에서 디지털카메라로 넘어갔다. 혁명이라고 해도 과언이 아니었다. 게다가 이 프로젝트 덕분에 나는 이미 두 가지 도전에 직면한 터였다. 지금까지 찍어보지 않은 피사체, 다시 말해 풍경이나 동물을 찍어야 했고 필름 포맷도 바꿨다. 사진을 크게 뽑을 때 좀 더 좋은 이미지를 얻기 위해서 4.5×6 중형 카메라들을 사용하기 시작한 것이다. 항상 라이카 24×36 카메라들로 작업을 하던 나는 2004년부터 2008년까지 펜탁스 645 제품들을 썼다.● 중형 카메라의 사

● 4.5×6 중형 포맷의 네거티브 판형은 41.5×56mm다. 반면, 24×36 포맷은 네거티브 판형이 24×36mm이기 때문에 그렇게 부른다. ―저자 주

용은 단순히 사이즈나 장비 무게의 변화만을 의미하지 않는다. 시야 심도 자체가 완전히 바뀐다. 24×36 작업에서 쌓은 노하우들은 무엇 하나 그대로 통하지 않았다. 조리개를 훨씬 더 조여야 했다. 네거티브의 사이즈와 비율도 예전에 했던 작업들과는 딴판이었다. 4.5×6은 훨씬 더 정사각형에 가깝다. 사진을 뽑아보면 수평이 맞지 않는 경우가 굉장히 많이 나왔는데, 예전에 라이카 24×36 카메라들로 작업하면서는 한 번도 겪어보지 않은 일이었다.

24×36 카메라에는 Tri-X 400 필름을 썼다. 중형 카메라로 넘어와서는 이 필름의 다른 버전인 Tri-X pan 320을 쓰게 됐다.* 이건 원래 스튜디오 촬영용, 예식 촬영용으로 생산된 필름이다. 그래서 빛이 웬만큼 받쳐주면 결과물이 좋지만 그렇지 못한 다른 조건들, 이를테면 나뭇잎들이 무성

• 코닥 사의 Tri-X 필름은 ISO 320과 ISO 400 두 버전이 있다. Tri-X 400은 24×36 카메라와 120 중형 카메라에 쓸 수 있는데 이 길이로는 펜탁스 645에서 16장밖에 나오지 않는다. 220 중형 포맷 필름으로는 32장이 나올 것이다. 220 필름으로는 ISO 320만 사용 가능하다. 코닥 사는 이 제품을 2010년까지 생산했다. ─저자 주

하게 자라는 숲 속 같은 곳에서는 적합하지 않았다. 요컨대 나는 예전에 쓰던 제품보다 표면적은 세 배나 크고 품질은 떨어지는 전혀 새로운 필름을 쓰게 됐다. 원료 가격 인상 때문에 사실상 필름의 구성 성분이 달라져 있었던 것이다. 은 값이 폭주하면서 유제층에 함유된 은염의 양이 줄어들었다. 이제 예전처럼 미묘한 차이를 띠는 회색들이 나오지 않았다. 나는 함께 작업하는 이마지누아르 현상소와 필리프 바슐리에 현상소와 손잡고 아주 특별한 인화 시스템을 개발해야만 했다. 이마지누아르는 코닥 D76 현상액의 기존 배합 비율을 수정했다. 필리프 바슐리에는 나와 함께 독일의 잘 알려지지 않은 새로운 현상액을 찾아냈다.[*] 간단히 말해서, 그건 굉장히 섬세하고 까다로운 작업이었다.

911 테러는 사진가들의 삶도 한바탕 뒤집어놓았다. 공항의 관문이란 관문마다 금속 탐지기가 설치된 이후로 필름을 소지하고 비행기를 탄다는 것은 여간 골치 아픈 일이 아니

• Calbe A49 현상액. -저자 주

었다. 필름이 금속 탐지기의 X선을 세 번, 네 번씩 통과하고 나면 회색의 뉘앙스에 문제가 생긴다. 내가 르포르타주를 진행하는 동안 각국 공항의 보안 시스템은 점점 더 강화되었다. 자크와 나는 비행기를 탈 일이 있으면 출발 일주일 전부터 긴장했다. 그 이미지들을 담아오기 위해서라면 세상 끝까지, 아무리 열악한 조건에라도 몸을 던질 각오가 되어 있었지만 과연 내 필름들이 무사할지는 아무도 모를 일이었다. 나는 항상 작은 트렁크에 필름 600롤을 넣어 다녔다. 이 28킬로그램 상당의 캐리어 트렁크를 직접 기내에 들고 탑승했다. 비행기를 탈 때마다 승무원들과 실랑이를 벌여야 했다. 『파리 마치』와 코닥 사는 내가 처한 곤란을 설명하고 금속 탐지기 검사 대신 수검사를 요청하는 문서를 작성해주었다. 하지만 보안 검사 요원들이 도통 말을 들어먹지 않아서 결국 비행기를 놓친 적이 한두 번이 아니었다! 수검사를 받으려면 종합 통제실까지 다녀와야 했다. 솔직히 나중에는 하도 지긋지긋해서 내가 그렇게나 좋아하는 사진을 그만둘까 하는 마음까지 들었다. 그러는 동안 디지털카메라는 눈부시게 발전해 있었다. 그래서 나도 디지털카메라에 대해서 진지하게 생각해보기 시작했다.

　나와 같은 사진가이자 디지털 사진 연구에 일가견이 있는 친구 필리프 바슐리에는 우리가 최신 리플렉스 카메라로도 매우 훌륭한 사진을 얻어낼 수 있다고 장담했다. 2008년 6월에 우리는 비교 테스트를 실시했다. 캐논 사는 최신형 1Ds Mark III를 빌려주었다. 훌륭한 결과물을 확인하고 나니 디지털로 가도 되겠다는 확신이 생겼다. 문제는 하드 디스크의 보관과 관리였다. 필리프와 나는 거의 2년간 미친놈들처럼 에이전시의 인화 전문가 발레리 위, 올리비에 자맹, 그리고 뒤퐁 현상소와 싸웠다. 그리고 결국은 디지털 사진 파일을 바탕으로 4×5 포맷*의 흑백 네거티브들을 구비하는 데 성공했다. 네거티브들의 품질은 매우 훌륭했다. 요컨대, 우리는 디지털카메라를 쓰지만 아날로그 인화 방식을 고수하고 있다. 이로써 지금 당장 골칫거리인 디지털 파일의 보존이라는 문제를 에둘러가고 있는 셈이다.

---

* 4×5 인치 크기의 네거티브(약 10×12센티미터). -저자 주

나는 편집을 할 줄 모른다. 다시 말해, 컴퓨터 모니터에서 사진을 보고 골라낼 줄을 모른다는 뜻이다. 나는 그게 잘 안 된다. 모니터를 보고 작업한 적이 한 번도 없다. 디지털카메라로 넘어왔지만 작업을 진행하는 방식은 변하지 않았다. 비행기를 탈 때 28킬로그램짜리 캐리어 대신 X선 걱정 없는 700그램 상당의 메모리카드들을 챙겨간다는 점만 달라졌다. 현장에는 컴퓨터나 하드디스크를 가져가지 않는다. 나는 평생 그래왔듯이 오로지 뷰파인더만 보고 사진을 찍는다. 메모리카드를 아마조나스 이미지스에 가져와서 잉크젯 인화지에 밀착 인화를 한다. 그다음 예전과 똑같이 루페(확대경)를 들고 사진을 꼼꼼히 살핀다. 그 후 아드리앵 부이용이 13×18cm 교정쇄를 뽑는다. 내가 프랑수아즈 피파르와 함께 사진들을 일단 선택하고 나면 발레리와 올리비에가 현상소와의 조율을 맡고 있는 마르시아 마리아노와 협의하여 24×30cm 포맷으로 인화 작업을 한다. 나는 필름에서 디지털 메모리로 이미지의 저장 매체만 바꾸었을 뿐이다. 나의 사진 언어는 동일하다. 하지만 인쇄물의 질이 훨씬 향상되었으니 굉장한 차이이긴 하다.

나는 줄곧 자연광에서만 작업해왔기 때문에 전에는 완벽한 결과물을 만들어내기가 이만저만 어렵지 않았다. 사진을 확대할 때에 빛을 주는 시간을 약간 달리함으로써 일종의 보정 효과를 주기도 했지만 절대로 완전무결한 사진을 얻을 수는 없었다. 하지만 지금은 그게 가능해졌다. 인화 과정에서 이미지의 세부 사항들까지 작업할 수 있게 된 것이다. 또 다른 장점은 빛이 부족한 상황에서도 감도를 높여서 사진을 찍을 수 있다는 것이다. 만약 20년 전에 디지털카메라가 있었다면 지금 내가 갖고 있는 양보다 2배는 많은 사진들을 건질 수 있었을 것이다. 특히 실내에서 찍은 사진의 95퍼센트는 버려야 했다. 나는 자유롭게 움직이고 있는 인물들을 주로 찍었기 때문이었다. 그러한 조건에서 4분의 1초나 2분의 1초 셔터스피드로는 깔끔한 사진을 건지기가 극히 어려웠다. 하지만 오늘날 같은 장비가 있었다면 그런 작업도 가능했으리라.

게다가 디지털카메라는 환경에 덜 해롭다. 예전에는 매일같이 정착액을 버렸다. 그런 식으로 방출한 정착액이 수천 리터는 되지 않을까! 컴퓨터와 잉크젯 인화 덕분에 환경을 오염시킬 일이 훨씬 줄어들었다.

사바 여왕의
자취를 따라

랄리벨라에서 시미엔 국립공원까지 이르는 에티오피아 고원 르포르타주는 나의 디지털카메라 초기 작업 중 하나다. 내 일생을 통틀어 아마도 가장 아름답고 흥미로운 여행이기도 했다. 그 작업은 일종의 도전처럼 다가왔다. 미지의 고장이나 다름없는 그곳에 가려는 사람은 없었다. 위험할 거라고 만류하는 이들도 많았다. 내 체력으로 버틸 수 있을까? 다리가 부러지거나 뱀에게 물리면 구조될 방법은 있으려나?

2008년 가을, 나는 최소 850킬로미터는 되는 산길을 도보로 이동했다. 산을 넘고 또 넘는 길이라 도보 외의 이동 수단이 있을 수 없었다. 나는 꼬박 55일을 걸었다. 사람이 제대로 닦은 도로가 아니라 그저 수천 년 전부터 드문드문 지나다니는 이들이 있다 보니 저절로 생긴 흙길이었다. 정확한 지도나 안내서가 존재하지 않는 길이었다. 나는 세 번이나 해발 4200미터 이상까지 올라갔다. 제일 많이 내려온 지대도 해발 1000미터, 1500미터는 되었다. 나는 더없이 아름다운 봉우리들을 오른 동시에 역사의 흐름을 거슬러 올라갔다.

나는 현지인들을 조심해야 한다는 주의를 들었다. 그래서 처음에는 카라시니코프 자동 소총으로 무장한 경호원 두 명이 우리 일행의 앞뒤로 붙었다. 일행이라고 해봤자 나와 노새 부리는 사람 두어 명, 생필품을 가득 실은 노새들이 다였다. 난생처음 백인, 그것도 머리를 박박 민 백인을 보고 겁먹은 아이들이 있었을 뿐, 우리는 어디서나 따뜻한 환영을 받았다. 그래서 나는 출발하고 얼마 안 되어 경호원들을 돌려보냈다. 이틀에 한 번씩 위성 휴대 전화로 과학자들의 탐사 코스를 기획하는 스위스의 전문 기구 제오 데쿠베르트Géo-

Découverte와 연락을 취했다. 우리는 내가 거치게 될 여정을 함께 꼼꼼히 준비했다. 내 GPS 장치가 그들에게 내 위치를 전달하면 그들은 내가 맞는 방향으로 가고 있는지 아닌지 피드백을 주었다.

　에티오피아 인 가이드 말콤은 굉장한 친구였다. 우리 둘은 얼마나 배를 잡고 웃었던가! 그의 본업은 농업 기사였고 제오 데쿠베르트 소속 친구들과 가까운 사이였다. 말콤도 초행길이기는 나와 다를 바 없었다. 그는 탐험대장 노릇을 했다. 에티오피아 마라톤 선수 한 명도 우리와 동행했다. 그 친구가 사진 장비를 지고 갔다. 노새에 실으면 장비가 너무 심하게 흔들려서 사람이 들고 가야 했다. 나는 보조용품 상자들을 지고 다녔다. 카메라 배터리를 충전하기 위해서 우리는 가벼운 접이식 태양광 집열판과 축전지들을 바리바리 챙겨갔다. 현지인들의 마을에 머물 때마다 나는 카메라, 휴대전화, 면도기 배터리들을 충전했다. 1994년 이후로 나는 항상 머리를 밀고 다녔다. 머리와 수염을 기른 채 열악한 곳들을 돌아다녔더니 기생충이 자꾸 꼬여서 좋지 않았기 때문이었다. 아무튼 나는 그런 식으로 에너지를 자급자족했다.

우리는 하루에 평균 20킬로미터에서 30킬로미터를, 그것도 대개 자갈길을 걸었다. 고도가 높은 곳은 추웠고 해발 1500미터 남짓한 곳은 꽤 더웠다. 쌓인 눈을 보았다 싶으면 그다음에는 건조하고 뜨거운 땅을 지나가야 했다. 때로는 씻지도 못하고 나흘, 닷새를 보냈다. 어쩌다 개울이 나오면 모두 물속에 뛰어들었다. 그럴 때마다 5, 6시간씩 쉬면서 빨래를 하고 빨랫감이 웬만큼 마르면 다시 길을 떠났다. 무척 힘들었지만 멋진 여행이었다. 어떤 길들에서는 내가 그곳을 지나가는 최초의 서양인임을 알 수 있었다. 어쨌든 현지인들은 백인을 본 적이 한 번도 없다고 입을 모아 말했다. 나는 신약 성서에 묘사된 교회와 놀랄 만큼 흡사한 유대교-그리스도교 세계에 들어와 있었다.

에티오피아 인들은 셈 족에 속하며 자신들을 사바 여왕과 솔로몬 왕의 후손으로 여긴다. 그들은 아프리카 대륙에서 유일하게 식민 지배를 받지 않는 민족이라는 자부심에 젖어 있다. 팔라샤Falasha, 즉 에티오피아의 검은 유대 인들은 상당수가 1980년대에 이스라엘로 떠났다. 에티오피아는 인구의 60퍼센트가 그리스도교를 믿는다(30퍼센트는 이슬람교도다.). 4세기에 에자나 왕이 개종을 하면서 그리스도교가 이나라의 국교가 되었다. 또한 에티오피아에는 여타의 동방정교회 교단들과 달리 그리스도 단성론*의 전통이 남아 있다.

두세 번, 우리가 완전히 기진맥진해서 마을에 도착한 적이 있었다. 마을 여자들은 일부러 우리를 맞이하러 나왔다. 그 여자들은 우리 신발을 벗기고 물을 조금 가져다가 발을 씻어주었다. 그러고는 우리의 발을 어루만지고 입을 맞추었다. 우리는 복음서에 기술된 대로** 그리스도와 같은 대접을 받았다! 가슴 뭉클한 감동이었다. 우리는 매번 선물과 음식과 그 밖의 것들을 받았다. 기나긴 여행이었지만 모자란 것은 전혀 없었다. 우리는 노새 18마리에 파스타, 곡물, 참치 통조림, 가공 치즈, 그 밖에도 장기 보존이 가능한 식료품을

* 그리스도 단성론(monophysisme)은 그리스도에게 [인성을 흡수한] 신성밖에 남지 않았다고 주장한다. 따라서 이들의 입장은 그리스도의 신인(神人) 양성론을 주장하는 자들과 정면으로 대치된다.-저자 주
** 『요한의 복음서』의 한 대목(12장 1~3절)은 베다니의 마리아가 예수의 발을 향유로 씻은 일을 전한다.-저자 주

잔뜩 싣고 출발했다. 현장에서 아무것도 못 구할 각오를 했기에 그렇게 바리바리 싸들고 떠난 것이다. 하지만 어디서나 우리는 각별한 손님으로 대접받았다. 내가 만난 그들은 마음씨가 넉넉하고 정이 넘쳐흘렀다.

나는 에티오피아 암굴 교회들의 예배에 참석했다. 그 교회들은 까마득한 세월과 깊은 땅속으로 우리를 돌려보냈다. 미사는 게즈 어로 부르는 단조로운 노래들로 장시간 이어졌다. 게즈 어는 셈 어족語族에서 유래한 전례 언어로서 무려 200여 개의 방언을 사용하는 이 아비시니아 인들을 하나로 묶어준다. 게즈 어 미사는 과연 장엄했지만 그건 어느 정도 예상한 바였다. 반면, 이 여행은 내가 생각지도 못했던 엄청난 진실을 가르쳐주었다. 우리는 이집트 역사를 많이 읽고 공부한다. 하지만 그 이집트 인들을 먹여 살린 비옥한 토양은 에티오피아의 산에서 왔다. 서구 문명과 종교의 기원으로 꼽히는 파라오들의 문명은 아비시니아 봉우리에서 흘러내린 흙 덕분에 아름다운 결실을 맺었던 것이다. 믿기지 않을지도 모르겠다. 하지만 나는 에티오피아에서 나일 강의 풍요에 깃든 비밀을 찾아냈다.

나일 강의 찰진 흙은 에피오피아의 산에서 태어난다. 침식과 풍화에 시달린 산봉우리가 미국 콜로라도 고원의 그랜드 캐니언만큼 거대한 협곡을 이루고 있는 계곡들로 부서져 내리기 때문이다. 그 흙이 빗물을 타고 개울로 흘러들어가고 테케제 강에 합류한다. 테케제 강은 청나일 강에 가장 많은 물을 대는 강이다. 청나일 강은 수단에서 백나일 강과 만나 하나의 나일 강이 된다. 나는 그 위대한 협곡들 앞에서 감사 인사를 올리고 싶었다. 이 나라 사람들이 우리 인류에 기여한 모든 것이 고마웠고, 어릴 적 나를 꿈꾸게 했던 그 역사에 그들이 이바지한 것이 고마웠다. 이 흙, 이 돌이 지구의 운명에 어떤 역할을 했는지 이해하고 나니 가슴이 벅차올랐다. 우리가 사는 세상에는 광물들도 다 제자리, 제몫이 있구나, 새삼 뼈저리게 깨달았다. 흙을 가만히 어루만지며 생각했다. 어찌 보면 이 흙도 나인 것을. 흙도, 나도 하나의 지구에 속해 있다. 우리는 모두 하나의 역사로 묶여 있다.

결국 갈라파고스의 이구아나와 내가 그리 다르지 않듯 그 흙과 나도 그리 다르지 않다는 결론에 이르렀다. '제네시스'

는 만물이 이어져 있고 모든 것은 살아 있음을 내게 가르쳐 주었다. '제네시스'는 자연에 부치는 나의 연애편지다. 그렇기 때문에 나는 '제네시스'로 인하여 인간을 잊지는 않았다. 인간 또한 이 경이로운 자연을 이루는 요소인 까닭이다.

흑백 세상

'제네시스' 프로젝트와 더불어 자연을 돌아보기 시작했다는 이유로 흑백 사진을 포기하진 않았다. 나무는 초록색으로 보여주고 바다나 하늘은 파란색으로 보여줘야 할 필요를 느끼지는 않았다. 사진에 관한 한, 컬러는 나의 흥미를 그리 자극하지 못한다. 옛날에는 컬러 작업도 했었다. 주로 잡지의 요청에 따른 작업이었다. 하지만 나는 이런저런 이유에서 컬러 작업이 편치 않았다. 우선, 디지털카메라가 나오기 전에는 컬러 사진 촬영의 파라미터들은 매우 융통성이 없었다. 필름 카메라로 흑백 사진을 찍을 때에는 조리개 조절이 살짝 어긋나 노출 과다가 되더라도 현상실에서의 작업으로 만회할 수 있었고 사진을 찍는 순간의 느낌을 제대로 잡아

낼 수 있었다. 컬러 작업에서는 그런 게 불가능했다.

아날로그 카메라로 컬러 사진을 찍었을 때에는 색감을 보아야 하기 때문에 슬라이드 작업을 했다. 슬라이드 필름을 라이트테이블에 올려놓고 사진을 면밀하게 검토한 후 잘된 것들만 남겼다. 문제는, 이렇게 작업을 진행하면 시퀀스가 깨진다는 것이다. 그건 나에게 엄청난 문젯거리였다. 하지만 필름 카메라로 흑백 사진을 찍을 때에는 잘 나온 사진, 잘 나오지 않은 사진 가릴 것 없이 전부 종이에 가인쇄를 했다. 이게 소위 프루프 프린트proof print, 즉 교정쇄다. 망친 사진도 모두 들어 있으니 시퀀스는 고스란히 남는다. 이야기는 이로써 연속성을 간직한다.

아날로그 흑백 사진들을 편집할 때면 나는 그 사진들을 찍던 순간을 생생하게 다시 한 번 경험한다. 한 번은 '다른 아메리카들' 르포르타주 작업 중에 간염에 걸렸었는데, 그때 찍은 사진의 교정쇄를 보고 있으려니 또다시 온몸이 쑤시고 기운이 쪽 빠지는 게 아닌가. 그 후 현상과 인화까지 직접 했는데 그때도 또 한 번 몸살을 앓았다. 연속성은 나에게 본질적인 중요성을 띠는 개념인데, 디지털카메라로 작업하면서부터 그러한 연속성은 한층 더 공고해졌다. 디지털카메라는 한 컷 한 컷의 촬영 시각을 초 단위까지 정확하게 자동으로 기록해주기 때문이다. 이 기능이 시퀀스를 완벽하게 복원해준다. 나의 사진에서는 교정쇄가 굉장히 중요한 부분을 차지한다. 게다가 나는 40년이 넘도록 내가 작업한 모든 시퀀스, 모든 흑백 인화 사진을 고이 보관하고 있다.

아날로그 시대에는 코다크롬 필름으로 컬러 작업을 할 때면 파란색과 빨간색이 지나치게 선명하고 고운 나머지 사진이 담고 있는 감정보다 앞선다는 느낌이 들곤 했다. 하지만 흑백 사진의 미묘하게 명암을 달리하는 그 회색들로는 색채 없이도 인물들의 치밀함, 그들의 태도와 눈빛에 집중할 수 있다. 물론, 현실은 그렇지 않다. 그러나 우리가 흑백 사진을 바라볼 때 그 이미지는 우리 가슴에 파고든다. 우리는 그 이미지를 소화하고 무의식적으로 채색한다. 흑백의 이미지라는 이 추상화는 이런 식으로 사진을 바라보는 이에게 동화

되고, 그의 것이 된다. 나는 흑백 사진의 힘이 참으로 비상하다고 생각한다. 그래서 자연에 바치는 경의조차도 일말의 망설임 없이 흑백을 선택할 수 있었다. 자연을 그런 식으로 촬영하는 것이 내게는 자연의 개성을 드러내고 자연의 존엄성을 부각하는 최선의 방법으로 보였다. 인간이나 동물에게 접근할 때와 마찬가지로, 자연을 촬영할 때에도 자연을 마음 깊이 느끼고, 애정을 품고, 존중해야 한다. 나는 모든 것을 흑백으로 느낀다. 그게 나의 취향, 나의 선택이자 나의 제약이고, 시시때때로는 나의 난관이 되기도 한다. 남극의 온통 새하얀 세상, 특히 시베리아로 촬영을 떠났을 때에는 정말 곤혹스러웠다. 그런 현장에서는 해가 구름에 가려 빛이 조금이라도 부족하면 완전히 밋밋한 이미지들밖에 나오지 않는다. 그래서 심도를 더하는 방향으로 인화에 더욱 공을 들여야 한다. 그래도 어쨌든 결과물은 내가 보기에 참 좋았다.

네네츠 족과
함께

2011년, '제네시스'는 나를 극지방으로 이끌었다. 시베리아 소수 민족 가운데 그 수가 가장 많은 네네츠 족을 만나러 간 것이다. 네네츠 족은 순록을 사육하는 유목 민족이다. 우리는 영하 30~40도의 얼어 죽을 것 같은 추위 속으로 뛰어들었다. 이 르포르타주는 훌륭한 조건에서 이루어졌지만, 더운 고장에서 태어나고 자란 나에게는 몹시 힘들었다. 자크는 나보다 훨씬 추위에 강했다.

우리는 세계에서 가장 긴 강으로 꼽히는 오비 강(약 5400킬로미터) 횡단에 참여해야 했다. 강을 건너려는 즈음에는 이미 혹한에 깊이 들어와 있었다. 그날은 정말 죽는 줄 알았다. 순록들조차도 견디기 힘들어했다. 하지만 우리의 시베리아 체류에서 가장 알찬 그 순간을 놓쳐서는 안 되었다. 그때 우리는 탁자처럼 평평한 지대를 걷고 있었다. 하늘은 온통 부유스름했고 햇빛은 거의 없었다. 도무지 작업이 쉽게 풀릴 조짐이 아니었다.

나는 항공 사진을 몇 컷을 찍을 예정이었다. 그래서 사전에 러시아 정부 헬리콥터와 접촉해두었다. 5톤 중량을 실을 수 있는 MI-8 헬리콥터를 쓸 수 있게 되었다. 거리와 연료 자급 문제 때문에 나는 45분 안에 모든 촬영을 성공적으로 마쳐야 했다. 그래서 준비 작업은 매우 치밀했다. 나는 긴장해서 바짝 얼어 있었다. 자크는 나보다 더 긴장해서 전날 밤새도록 끙끙 앓았다. 조종사가 문을 열어줄 것인지, 훤히 열린 개폐구에 서서 촬영을 하는 동안 벨트들이 나를 잘 잡아줄 수 있을 것인지 확인해야 했다. 배터리가 나가지는 않을지, 바람을 타고 한층 거세게 다가올 추위에 모든 것이 잘 버텨줄지 확인해야 했다. 내 눈이 그 상황을 견뎌낼 수 있을지 그 점도 걱정되었다. 두 달 전부터 구안괘사, 다시 말해 안면 신경 마비 증상을 겪고 있었기 때문이었다. 하지만 드디어 헬리콥터가 도착하고 내가 탑승한 그 순간부터 천우신조가 따랐다. 이런 유의 상황에서는 완벽하지 않은 요소조차 이야기의 일부가 된다. 모든 부분을 예상하고 장악했다는 사실 자체가 주는 힘이 그런 거다. 더 큰 흐름에 실려 가는 기분이랄까. 비록 우리는 어찌할 수는 없지만 우리가 끈덕지게 준비하고 구상한 바에서 벗어나지는 않는 흐름에 말이다.

네네츠 족은 끔찍이도 혹독한 환경에서 정말 최소한의 것으로 살아간다. 나 또한 이미 몹쓸 습관에 찌들어 있었던지라, 네네츠 족을 만나러 가면 이것도 못 쓰고 저것도 못 쓴다는 생각에 걱정부터 됐다. 현장에 도착해보니 내가 그 여행을 위해 준비해 간 물품만 해도 그들의 소유보다 많았다. 네네츠 족 사내는 하루 종일 순록 떼를 몰고 나서 순록 가죽으로 만든 춤tchoum이라는 천막을 친다. 그의 모든 소유가 그 천막 안에 들어가고도 남는다. 다음날, 그는 신속하게 천막을 해체하고 자기가 가진 모든 것을 순록들에게 싣는다. 짐이 가벼워야만 순록들이 지쳐 떨어지지 않는다. 이 극한 지방 사람들은 참 적은 것으로 살아간다. 그래도 그들의 삶은 우리의 삶 못지않게 감정적으로 생생하고 충만하며 절실하다. 아니, 어쩌면 그들이 우리보다 더 풍부한 감정으로 살아가는지도 모른다. 우리는 우리 자신을 보호한답시고 물질적 재화를 불리기에 급급한 나머지, 정작 그 재화로 삶을 영위하고 누리는 법은 잊고 있으니까. 우리는 이제 자연과 타자를 바라보지 않는다. 우리는 우리의 공동체에서 단절되어 있다. 나는 심히 걱정된다. 기술이란 기술은 대개 다 우리를 소외시키는 현상을 지켜보면서 우려하지 않을 수 없다. 물질적 진보가 이루어짐에 따라 저마다 더 많은 사물들을 끌어안고 저 혼자 지닐 수 있게 되었다. 그렇지만 인류의 역사는 공동체의 역사다. 우리는 그러한 흐름에 역행하여 자꾸만 흩어지고 자꾸만 따로 논다. 개인주의가 냉소주의 이상으로 가치를 지닐 수 있다는 주장은 어떻게 해도 내게 안 통한다.

과거로 퇴행하자는 얘기가 아니다. 현대의 안락을 버리고 싶어 할 사람은 없으며, 그건 인류의 진화에도 역행하는 일이다. 그런 일은 역사상 일어난 예가 없다. 하지만 우리의 지표, 본능, 영성을 잃어서는 안 된다. 우리가 지금까지 살아올 수 있었던 것은 공동체와 우리들의 영적인 감각 덕분이다. 나는 나의 사진에 바로 그런 것을 담고 싶었다. 나는 개인주의적인 방식으로 작업한 적이 없다. 그런 식으로 이미지를 끌어낸 역사가 없다. 게다가 나는 평생 사람들을 촬영했지만 그런 일로 송사에 휘말린 적도 없다. 나는 때때로 힘든 상황에 있는 사람들, 정말로 궁지에 몰린 사람들도 찍었다. 그러나 내가 그들을 엿보며 즐긴다고 생각한 적은 꿈에도 없다. 그런 기분은 전혀 없었다. 하지만 '제네시스'를 작업하면서 내가 정말 나이를 많이 먹었다는 생각은 들었다.

나는 나다운 모습이었고 여전히 내 집단에 속해 있었지만 5000년 혹은 1만 년 전의 과거로 순간 이동한 기분이었다. 그러한 경험이 나의 신념들을 더욱 굳혀주었다. 네네츠 족, 아비시니아 족, 조에 족, 힘바 족, 뉴기니의 파푸아 족을 두루 만나보았지만 그들은 모두 나와 그리 다르지 않았다. 사랑, 행복, 쾌락, 요컨대 삶에서 중요한 모든 것을 생각하는 마음은 모두 매한가지다.

인류의 태동기에나 존재했던 생활 방식을 고수하는 원주민들과 몇 주를 지내면서 나는 사회가 조직되기 이전에도 우리 세계가 거대한 원칙들을 토대로 삼았다는 확증을 얻었다. 산업 사회는 그 구성원들, 즉 대중의 욕구에 부응하기 위해서 태초부터 인간이 차곡차곡 습득해왔던 지식과 노하우를 체계화했다. 나는 앞에서 원주민들의 약전藥典, 발사 기술에 관련된 법칙들, 물고기를 훈연하는 비법을 예로 들어 비슷한 얘기를 넌지시 비추었다. 여기에 이 모든 족속들이 자연에 대해서, 재화의 고갈에 대해서 품고 있는 의식을 추가해야 한다. 서양인들은 너무 오래 그러한 의식 없이 지내왔다. 더러 '미개인' 취급을 당하는 이 족속들도 어떤 땅을 개발하거나 활용한 후에는 한동안 그 땅이 쉴 수 있게 해야 한다는 것을 안다. FUNAI에서 그런 말을 들었다. 인디언들은 자기네들의 터전을 버리고 떠나면 그 땅이 다시 소생한 후에야, 거의 100년 후에나 돌아온다고 한다.

나는 소위 '미개인'이라는 사람들보다 하등 나을 것이 없다. 그렇기 때문에 그들을 만나러 갈 때에도 내가 이방인이라는 기분은 느끼지 않았다. 오히려 서로 대등한 점들이 먼저 눈에 띄었고, 거짓 없이 말하건대 내가 그들에게 가르쳐준 것보다 그들이 나에게 가르쳐준 것이 더 많았다. 우리는 문화를 주고받았고 심지어 꽤 친해지기까지 했다. 싱구 강 유역에서 만났던 쿠이쿠로 족 추장 아푸카카도 그렇게 사귄 친구였다. 나는 그 친구 집에서 한 달 조금 넘게 살았다. 그 집을 떠나던 순간, 내가 살면서 만난 모든 이를 통틀어 그 친구보다 사람 냄새 나는 사람은 없었음을 깨달았다. 아푸카카보다 더 괜찮은 인간은 있을 수 없었다. 함께 산다는 것은 정말 대단한 거다.

거듭 말하지만 그들은 자연에 대해서 정말 해박했다. 인디언들이 재규어의 접근을 알아차리거나 지척에서 뱀을 발견하는 순간에도 나는 맹하니 아무것도 몰랐고 아무것도 못 봤다. 그들은 아무리 높은 나무도 너끈히 타고 올라갔고 어디든 거의 맨발로 다녔지만 나는 최신형 워킹화를 신고도

낑낑댔다. 히말라야에서 하루 종일 기복이 심한 산을 타고 내려왔다가 그다음 날 아침에 일어나 보면 발톱까지 시퍼렇게 멍이 들어 이틀을 꼼짝 못하곤 했다. 다시 길을 떠나려면 신발창을 잘라내야 했다. 그게 차라리 더 발이 편했다. 요컨대, 임기응변으로 방편 자체를 새로 마련해야 현지인 가이드들을 계속 따라갈 수 있었다.

사람은 다 같다. 그러나 우리의 생활 방식은 너무 멀리 벗어나버린 탓에 우리 몸은 예전 같지 않다. 자연과 더불어 사는 사람들은 발이 삼각형에 가깝다. 그들은 행동거지도 우리보다 훨씬 민첩하지만 발가락이 땅을 움켜쥐는 모양새를 취하고 있어서 좀처럼 미끄러지지 않는다. 그야말로 모든 지형에 적합한 전천후 발이다. 이미 수백 년간 신발에 익숙해진 우리의 발은 연약하고 길쭉하기만 해서 땅바닥에 착 달라붙는 맛이 없다. 식생활의 변화도 신체의 변화를 낳았다. 서양인은 지나치게 뚱뚱해졌다. 내가 처음 프랑스에 왔을 때만 해도 지금에 비하면 사람들이 한결 날씬했으니까…….

사실상 그 8년 동안 나는 가장 귀한 선물을 받았다고 말할 수 있다. 수천 년 전의 방식대로 살아가는, 나와 같은 종을 만났다는 것 자체가 선물이었으니까. 지난 수천 년간 부당하게 잊힌 허다한 것들을, 그들은 내게 가르쳐주었다.

나의 가족

사진을 발견한 나는 참으로 운이 좋았다. 그것도 우연히! 하루는 아버지가 이런 말씀을 하셨다. "세바스치앙, 너는 사진가로 인정도 받고 지금은 파리에 살잖니. 하지만 만약 네가 어릴 때 내가 농장을 팔았더라면 어떻게 됐을지 상상이 가니? 살인적인 인플레이션에 빈털터리가 된 사람들이 하나둘이 아니었지. 만약 그랬으면 너도 지금쯤 이웃 농장에서 트랙터를 몰고 있든가, 대도시 빈민가에서 굴러먹고 있을 거다." 일리가 있는 말씀이었다. 운이 많이 따라주어서 나는 120개국 이상을 두루 다녀보고 지금까지 살 수 있었다. 그걸 나는 위대한 일관성, 혹은 행운이라고 부른다. 그 모든 일이 전혀 다른 방식으로 일어날 수도 있었으리라. 내가 프랑스 유학 대신 소련 유학을 택했을 수도 있고, 만약 그랬다면 나는 결코 사진가가 될 수 없었을 것이다. 혹은, 공부를 마치고 세계은행에 입사할 수도 있었을 것이다. 그냥 브라질에 남아서 비밀 결사 운동에 몸담을 수도 있었고, 그러다 살해당할 수도 있었다. 렐리아와도 결국은 헤어졌을지 모른다. 그녀가 없었다면 내 삶은 분명히 달라졌을 것이다.

렐리아는 나에게 안정감을 주었다. 그녀는 나를 한없이 지원했고 우리는 연대의 삶을 살았다. 르포르타주 작업의 가장 큰 기쁨은 마지막 공항으로 향하는 마지막 택시를 타는 그 순간이었다. 드디어 내 사랑하는 아내와 아이들에게로 돌아가는 순간이었다. 렐리아는 곧잘 아침 댓바람부터 오를리 공항이나 루아시 공항에 나를 마중하러 나오곤 했다! 비행기가 너무 이른 시각에 도착하지 않는 경우에는 줄리아누와 로드리구도 데리고 나왔다. 셋이 함께 있는 모습이 눈에 들어오는 순간, 가슴이 먹먹했다…… 시간이 맞지 않으면 렐리아는 아이들을 맡기고 나왔다. 내가 도착할 시각이면 그녀는 어김없이 그 자리에 와 있었다. 렐리아는 내 삶의 위대한 동반자, 위대한 협력자다. 매사에 그랬다. 사상, 작업 프로젝트, 가정, 일, 환경 운동에서까지도.

렐리아가 열일곱 살, 나는 스무 살도 채 안 됐을 때 우리는 처음 만났다. 그 후로 우리는 모든 것을 함께 했다. 어느 날 아침, 거리를 거닐다 문득 그런 생각이 들었다. 운동권에서 우리 두 사람 다 외국으로 내보내야 한다고 결정한 그 무렵만 해도 우린 완전히 애들이었구나. 그 후 우리나라와 가족이 얼마나 사무치게 그리웠던가. 렐리아는 양친을 잃은 지 얼마 안 되어 프랑스로 건너왔지만 브라질에 형제자매가 일곱 명이나 남아 있었다. 나 역시 11년간 일곱 명의 누이들을 만나지 못했고, 겨우 고국에 돌아와보니 기력 넘치던 부모님은 호호백발 노인이 되어 있었다. 향수병이 우리를 더욱 단단히 묶어주긴 했지만 우리 삶이 늘 그렇게 단순하지만은 않았다. 우리 부부도 화끈하다 못해 무서울 정도로 싸우곤 했다. 이혼 위기까지 가기도 했고, 진짜로 헤어질 뻔했다가 가까스로 화해한 적은 또 몇 번이었던가! 하지만 우리는 강렬한 경험, 가없는 기쁨, 먹먹한 두려움을 참 많이도 함께했다. 우리는 중대한 결정들을 늘 함께 내렸다. 무슨 얘기부터 시작해서 무슨 얘기로 마무리해야 할지 모르겠다. 내 생애, 그건 우리 두 사람, 우리 아들 줄리아누와 로드리구, 우리 손자 플라비우다. 우리는 둘이었기에 지금 우리가 서 있는 이 자리에 이르렀다. 우리는 외국에서 여권 없이 산다는 게 어떤 건지 안다. 돈이 있다가 없다가 하는 게 뭔지, 자식들을 위해 싸워야만 한다는 게 어떤 건지도.

생각난다. 줄리아누가 중학교에 진학할 때였다. 그 아이는 브라질 이름, 다시 말해 포르투갈식 이름을 가졌다는 이유만으로 적성이고 뭐고 상관없이 곧장 기술계열 지망으로 정해졌다. 또 한 번 사람들의 고정 관념에 발목을 잡히지 않기 위해서 싸워야만 했다. 하지만 우리는 함께였기에 그 모든 일을 잘 감당해낼 수 있었다. 나는 아내를 사랑한다. 지금도 참 아름다운 여자라고 생각한다. 렐리아는 가족을 위해서 대단한 에너지와 삶의 기쁨과 믿을 수 없는 힘을 떨칠 수 있는 사람이다. 가끔 그녀를 보면서 생각한다. 아이고, 나 참, 저 사람도 늙는가 보다! 하지만 그런 일은 불가능하다. 내 눈 속에서 렐리아는 늘 옛날의 그 소녀이기 때문이다. 우리는 정말 인연이다. 가족이 깨지려면 몇 번이라도 깨질 수 있었다. 하지만 가족은 늘 그 자리에 있었고 지금 우리는 더없이 좋다.

줄리아누는 아주 어릴 때부터 아시아나 아프리카에서의 르포르타주에 따라왔다. 앞에서 얘기했듯이 흉흉한 시기의 르완다에도 나와 함께 갔다. 하지만 우리는 장대한 순간들을 함께했다. 발견, 만남, 배꼽 잡는 장난과 농담을 공유했다. 작업은 나에게 몹시도 중요한 한 부분인데, 그 아이는 그러한 작업에 함께해주었다. 줄리아누는 나의 이미지와 여행 취미를 빠삭하게 안다. 그 아이는 절대로 어쩌다 영화감독이 된 게 아니다. 더욱이 줄리아누는 독일의 위대한 영화인인 빔 벤더스Wim Wenders와 나의 작업에 대한 영화*를 공동연출하기도 했다. 줄리아누는 파리에서 독립해서 살고 있지만 우리와 자주 만난다. 줄리아누도 그렇고, 그 애의 아들이자 이제는 멋진 청소년인 플라비우도 그렇고, 우리나 로드

* 2014년 상반기에 발표 예정인 다큐멘터리 영화(데시아 필름 제작). -저자 주

리구와 매우 살갑게 잘 지낸다.

앞에서도 말했듯이 나에게는 다운증후군 아이가 있다. 그 아이는 우리에게 또 다른 세상을 열어주었다. 한 번은 우리 둘이 로드리구가 매일 낮 시간을 보내는 사설 기관 문 앞에 서 있었다. 늘 그렇지만 장애가 있는 사람들을 만나고, 우리 아이가 친구들에 둘러싸여 있는 모습을 보는 건 참 묘하다. 아이의 친구들을 자주 접하다 보니 어느새 그들이 다 내 자식 같다. 내가 '정상'으로만 살았던 때에 비하면 세상을 보는 눈이 완전히 달라졌다. 그때는 '정상'인 자식 하나밖에 없었고 소위 '정상'이라는 사람들의 세상에서만 살았으니까. 다운증후군 아이가 태어난 그날, 우리는 비로소 또 다른 수준의 인식에 입문했다. 삶, 사회, 현실이 전과 다르게 다가왔다. 나는 거리에서의 걸음걸이마저 달라졌다. 전에는 장애인들이 눈에 잘 안 들어왔다. 그들을 보는 법을 배우기 시작했다.

렐리아, 줄리아누, 그리고 나는 그렇게 30년 이상 장애의 세계를 지나왔다. 우리는 연대를, 또한 연대의 결여를 경험했다. 로드리구가 태어난 뒤 우리는 절친한 사람들과 많이 멀어졌다. 어떤 이들은 우리를 감내해주지 못했다. 그게 참 아팠다. 이해는 간다. 가령, 임신한 몸으로 장애아가 있는 집에 자주 드나들기는 아무래도 힘들 것이다. 어찌 됐든, 이해하지 않을 도리가 없다. 그렇잖으면 우리가 너무 비통하니까. 다르게 생긴 아이에게 도대체 무슨 말을 해야 할지, 어떻게 대해야 할지 몰라서 당황하던 그 많은 사람들도 이해한다. 마구 껴안고 뽀뽀를 해대는 아이, 침을 질질 흘리는 아이에게 말이다. 다행히도 우리 친구들이 모두 그렇지는 않았다. 심지어 어떤 친구들은 로드리구가 태어나고 나서 우리와 더욱더 각별해졌다.

우리는 아이를 한 번도 기숙사에 집어넣지 않았다. 아이는 낮에는 시설에서 시간을 보내고 오후 늦게 집으로 돌아왔다. 우리는 어디를 가든 아이를 데려갔다. 로드리구는 늘 우리와 함께 지냈다. 사진전이 열리면 로드리구도 항상 베르

니사주vernissage•에 참석했다. 놀라는 사람들도 있긴 했지만 사실 당연한 일이다. 그 아이는 우리 아들이고, 우리 자신이니까. 그리고 우리는 우리 삶을 로드리구에게 맞게 꾸려왔다. 그 애가 아주 어렸을 때는 우리도 늘 그 애를 다른 사내아이들과 비교해서 아이가 잘 자라고 있나 따졌고, 그래서 절망하기 일쑤였다. 그땐 우리가 그런 일을 받아들일 준비가 되어 있지 않았다. 한 번은 다운증후군 특유의 얼굴을 좀 더 정상인에 가깝게 성형하는 수술이 있다고 해서 아이를 독일의 쾰른에 있는 병원으로 데려갔었다. 거의 다 가서, 쾰른 시가 보일 정도로 지척에 있는 주유소에서 잠시 차를 세웠다. 우리 부부는 한참 대화를 주고받다가 깨달았다. 우리는 고작 외모를 위해서 아이에게 힘겨운 대수술까지 불사하려 했던 것이다. 로드리구가 몹시 고통을 겪게 될 수술인데, 그 수술이 다운증후군 자체를 고쳐주지는 않을 터였다. 성형 수술은 우리 좋자고 하는 짓이지, 로드리구에겐 아무 의미도 없었다. 그래서 우리는 차를 돌려 파리로 돌아왔다. 그

• 전시회의 일반 공개 하루 전날에 이루어지는 초대전과 그에 수반되는 파티.
  ―역자 주

모든 일은 겪어보지 않으면 모른다. 우리는 정말 오랫동안 로드리구 문제로 고민했고 의논했고 그러다 답을 찾았다. '답은 없다.'라는 답을. 그 아이는 우리의 아들이고, 그 아이가 곧 우리다. 그 아이가 그렇게 태어난 거다. 우리 아들을 그 모습 그대로 사랑해야 한다.

진심으로 말하건대, 로드리구가 장애를 안고 태어나 괴로웠지만 그 아이로 인해 얻은 기쁨도 그 못지않게 풍성했다. 이미 말했듯이 그 애는 우리에게 세상을 달리 바라보고, 조금 다른 사람들을 만날 기회를 선사해주었다. 로드리구 덕분에 나는 좀 더 다정한 사람이 되었다. 주는 사람은 더 많이 받을 것이라는 예언을 우리는 그 아이 덕분에 믿게 되었다. 아무것도 주지 않으면 아무것도 받지 못한다. 하지만 우리가 내어줄 수만 있다면…….

레바논 남부의 난민촌에 갔던 일이 생각난다. 수용소에는 팽팽한 긴장이 감돌았다. 나는 이 난민촌을 관리하는 팔레스타인 책임자들과 얘기를 하러 갔다. 나는 UNHCR 사람들과 동행했고 내 작업에 대해서도 충분히 설명했다. 하지만 내가 카메라를 꺼낼 때마다 카라시니코프 소총 총부리가 나를 겨누었다. 내가 사진 찍은 한 사내가 되레 나에게 뽀뽀를 하던 그날까지는 그랬다. 그 사내는 다운증후군이었다. 그때 생각했다. 인류의 폭력성을 해결하는 방법이 어쩌면 유전자에 손을 써서 우리의 21번 염색체를 다운증후군처럼 세 개로 만드는 것은 아닐까 하고 말이다. 다운증후군 아이들은 공격성을 모른다. 가끔 무섭게 화를 내긴 하지만 그 애들은 자기 자신에 대해서 화를 낼 뿐이다. 어쨌든 우리 아들이나 내가 아는 다른 다운증후군 아이가 타인에게 화를 내고 공격적으로 구는 모습은 본 적이 없다.

우리는 매년 로드리구의 생일잔치를 두 번 한다. 여름에 브라질에서 한 번, 가을에 파리에서 한 번. 로드리구의 장애인 친구들, 그 가족들, 우리의 다른 친구들이 모인다. 그렇게 두 세계가 한자리에서 만난다. 소위 정상인이라는 사람들은 그동안 생경하기만 했던 장애의 현실을 만난다. 그들은 다른 세계를 발견하지만 그 세계에도 즐거움은 넘쳐난다. 그리고 모두들 그 세계와의 만남이 생각했던 것보다 쉽고 간단하구나, 라고 깨닫는다. 로드리구랑 같이 있으면 유쾌하고 즐겁다. 그 애는 그림을 참 잘 그린다. 그림을 그렸다 하면 시간 가는 줄도 모른다. 확실히 예술적 감각, 특히 색채를 다루는 기술이 있다. 로드리구처럼 장애가 있는 여자 친구 한 명은 피아노를 기막히게 친다. 그런 재능은 장애와 별개다. 그런 아들이 있어서 우리도 많은 것을 얻었지만, 아이와 항상 함께 있어야 하니 우리가 고립된 것도 사실이다. 우리를 로드리구와 함께 불러주는 집도 별로 없거니와, 아이를 혼자 둘 수 없으니 외출도 삼가게 되었다. 렐리아와 세바스치앙은 너무 두문불출한다는 둥, 어떻게 자기 전시회 베르니사주에도 참석 안 할 수가 있느냐는 둥 말하는 사람들이 있다. 하지만 우리는 로드리구와 함께 살고 있다. 그런 게 장애인 자식과의 삶이다. 처음엔 정말 너무 힘들었다. 하지만 일단 고비를 넘기고 나니 이제 그런 게 우리 삶이구나 받아들이게 됐다. 이 삶에서 가장 좋은 것을 건져야 한다.

끝맺으면서

'제네시스'의 르포르타주들을 끝내고 나니 일흔이 코앞이다. 그 작업을 하느라 육체적으로는 많이 쇠했다. 가장 추운 곳에서 가장 더운 곳까지, 가장 습한 곳에서 가장 건조한 곳까지 혹독한 기후들을 두루 경험했다. 무엇보다, 나는 정말 어마어마하게 걸었다. 도시에서 평평한 땅을 걷는 데 익숙해져 있다가 인디언들과 숲 속을 걷자니 지반이 불안정한 곳도 많았고 키 작은 나무를 훌쩍 뛰어넘어야 할 때도 많았다. 어떤 나무들은 너무 컸다. 그래도 어떻게든 가야 했다. 몸을 한쪽으로 돌려서 통과해야 했다. 넘어지기도 오지게 많이 넘어졌다. 인디언들은 절대 넘어지지 않는다. 숲을 통과하려니 첫날부터 기진맥진했다. 어릴 때 이후로 전혀 쓰지 않았던 근육들을 썼기 때문이었다. 어떤 근육들은 그때까지 나한테 그런 게 있는 줄도 몰랐던 것 같다. 요약하자면, 정신에는 은총이 임했지만 육체에는 형벌이나 다름없었다. 그렇게 8년을 보내고 나니 정말 힘에 부쳤지만 내면은 되살아났다. '엑소더스'를 작업하는 동안 나는 인류의 가장 심각하고 폭력적인 면을 너무 많이 봤고, 도무지 인류가 구원을 찾을 수 있을 것 같지 않았다. '제네시스'를 작업하면서 겨우 그런 시각이 바뀌었다.

우선, 나는 지구와 만났다. 이미 전 세계를 돌아보긴 했지만 이제 비로소 그 안까지 들어가봤다는 느낌이 든다. 나는 가장 높은 곳에서 가장 낮은 곳까지 도처를 두루 보았다. 광물, 식물, 동물을 발견했고 우리 인간을, 그것도 태초의 모습에 가깝게 볼 수 있었다. 그로써 나는 크나큰 위안을 얻었다. 원래의 인간은 매우 강인하고 뭔가 풍부한 것을 지녔기 때문이다. 그 후 우리가 도시민이 되면서 그것을—바로 본능을—잃어버렸을 뿐이다. 본능은 많은 것을 감지하고 예측하게 한다. 동물들의 행동을 관찰함으로써 파악할 수 있는 기후 현상이라든가, 기온의 변화라든가. 사실, 우리는 우리의 행성을 떠나고 있는 중이다. 도시는 본래의 지구와는 또 다른 행성이기 때문이다.

나는 우리가 도시의 폭력에 내던져지기 전에 어떤 존재였는지 보았다. 도시의 벽들 사이에서 공간, 공기, 하늘, 자연에 대한 우리의 권리는 사라졌다. 우리는 자연과 우리 사이를 가로막는 장벽을 건설했다. 그로써 우리는 더 이상 볼 수도, 느낄 수도 없게 됐으니……. 창밖의 새를 보고 그 새도 다른 어느 새가 사랑하는 존재려니 상상하는 힘을 잃어버린 것이다. 우리는 그 새도 제 새끼들을 사랑하고, 저 나무에 둥지를 짓고, 바람에 영향을 받는 삶을 산다는 생각을 못한다. 그 새가 햇살, 비, 눈으로부터 제 몸을 보호하는 피부와 깃털 조직을 가졌다는 것도 모른다. 우리는 이제 그 모든 것을 보지도 못하고 알지도 못한다. 그 옛날 인간의 모습대로 살아가는 족속들을 자주 만나면서 나는 그 경이로운 것들을 재발견했다. 그래서 작업을 마칠 즈음에는 마음이 풍요로워졌다. 『인간의 손』에서는 인간이 생산에 관한 한 혀를 내두를 만큼 기발한 동물이라는 것을 보여주면서 자부심을 느꼈다. 하지만 그와 동시에 우리가 우리 생존의 담보를 파괴하면서 살아가고 있다는 것도 알았다.

자연과 모든 생명계에 질서를 부여한 어느 위대한 조물주가 있으리라 믿지는 않는다. 그보다는 진화를 믿는다. 나 자신이 다윈의 제자처럼 느껴진다. 어떤 법칙들이 존재한다는 것을 믿는다. 만물이 변증법을 거쳐서, 경험과 연륜의 축적으로 이루어졌다고 믿는다. 그렇지만 성숙의 과정이 모두 긍정적인 방향으로만 이루어지지는 않는다. 우리는 아직 맨 처음 순간을 설명하지 못한 채 그다음 이야기만을 과학적으로 설명한다. '제네시스'는 지구의 나이를 가늠해볼 기회를 주었다. 사하라에서 나는 1만 6000년 전에 깎이고 부서진 돌들을 보았다. 베네수엘라에서는 60억 살 먹은 산들을 보았다. 그러자 생명에 또 다른 차원이 더해졌다. 삶은 찰나의 순간일 뿐이구나 싶었다.

'제네시스' 작업을 하면서 인간이 도시화의 결과로 자연과 너무 괴리된 채 살아가다 보니 까다롭고 골치 아픈 동물이 되어버렸구나, 라는 데 생각이 미쳤다. 우리 행성에 생소해진 나머지 우리 자신이 이질적인 존재들이 되고 만 것이다. 하지만 이건 해결하지 못할 문제는 아니다. 해결책은 보도報道에 있고 나 또한 보도에 한몫을 했기에 뿌듯하기 그지없다. 인간과 지구상의 모든 종들이 처한 위기를 해결하는 방법은 퇴행이 아니라 자연으로 돌아가는 것이라고, 사람들을 설득할 수 있다면 참 좋겠다. 렐리아와 내가 지금 브라질에서 하고 있는 나무 심기도 그런 설득의 일환이다. 우리가 발생시키는 이산화탄소는 나무들만이 흡수할 수 있다. 나무는 이산화탄소를 산소로 바꾸는 유일한 장치다. 숲은 우리가 배출하는 공해를 받아주고 목재로 바꾸어준다. 신기하지 않은가. 게다가 인간이 숲을 조성할 경우, 나무들이 한창 대차게 자라는 처음 20년 동안 가장 많은 양의 이산화탄소를 흡수한다고 한다.

나와 렐리아, 그리고 인스치투투 테하 식구들은 200만 그루의 나무를 심었다. 우리 계산대로라면 지금까지 9만 7000톤의 탄소를 거둬들였다. 하지만 누구나 각자의 위치에서 할 수 있는 일이 있다. 자신도 관련된 일이라고 생각하는 것으로 충분하다.

우리 부부는 부자가 아니다. 우리도 프랑스로 이주한 사람들이고 우리 힘으로 밥벌이를 해왔다. 그래도 행운의 여신이 간간이 미소를 지어준 덕에 지금은 그 숲을 복원했다는 자부심을 느낄 수 있다. 그건 우리와 우리를 도와준 모든 사람이 땀 흘려 거둔 결실이다. 하지만 무엇보다 우리의 에너지가 큰일을 해냈다. 지구로 돌아가는 것만이 우리가 잘 살 수 있는 유일한 방법이라는 확신에서 그 에너지를 끌어낼 수 있었다. 현대 세계는 도시화되었고 오만 가지 법과 규칙에 짓눌려 있다. 이 세계는 거세 콤플렉스를 자극한다. 인간은 자연 속에서만 일말의 자유를 되찾는다. 우리는 '제네시스' 프로젝트와 일련의 사진집, 세계 곳곳에서의 전시회를 통해서 바로 그 얘기를 하고 싶었다.

우리가 환경 문제에 천착하게 된 과정이 재미있다. 나는 가끔 생각한다. 어쩌다 다행스럽게도 이렇게 되었을까? 결국, 시대가 답인 것 같다. 오래전 그 시대가 우리를 산업 변화의 문제로 이끌었고, 그 후에는 이민이라는 문제로 이끌었던 것처럼. 렐리아와 나는 항상 우리 시대에 참여하는 삶을 본질로 삼았다. 능동적으로 역할을 감당하는 삶. 정말이지, 어떻게 여기까지 왔을까 뒤를 돌아보면 그저 우리의 삶이 우리를 이곳으로 데려왔구나 싶다.

나의 사진은 투쟁도 아니요, 서원誓願도 아니다. 사진은 내 인생이다. 나는 사진을 좋아한다. 사진 찍는 것도, 카메라를 손에 쥐는 것도, 나만의 프레임을 잡는 것도, 빛과의 유희도 좋아한다. 사람들과 부대끼며 살고, 공동체를 관찰하기 좋아한다. 그리고 이제 동물, 나무, 돌을 관찰하는 데에도 재미를 붙였다. 나의 사진은 그 전부다. 내가 어떤 합리적인 결단에 따라 이곳 혹은 저곳으로 다녔다고는 도저히 말하지 못하겠다. 그냥 마음이 우러나는 대로 움직였다. 사진을 찍고 싶다는 욕망이 쉴 새 없이 나를 여행길에 오르게 했다. 다른 곳을 보러 떠나게 했다. 다른 이미지들을 찾아서. 언제나 또 새로운 사진들을 찍기 위해서.

수상 경력

1982
- 유진 스미스 상, 미국.
- 라틴아메리카 농민들에 대한 연구 작업을 치하하고 작업을 완수하기 위한 지원금 수여. 프랑스 문화부.

1984
- 파리 시청과 코닥 사에서 공동으로 수여하는 상을 받고 『다른 아메리카들』 발간, 프랑스.

1985
- 월드 프레스 상, 네덜란드.
- 오스카 바르낙 상, 독일.

1986
- 이베로 아메리카 사진상, 스페인.
- 국제사진센터 선정 '올해의 사진가', 미국.
- 사진집 『사헬, 비탄에 빠진 인간』으로 아를 국제교류센터 상 수상, 프랑스.
- ASMP(미국 미디어사진협회) 상, 미국.
- '다른 아메리카들' 전시회로 '사진의 달' 그랑프리와 관객상 수상, 파리 시청각센터, 프랑스.

1987
- ASMP 선정 '올해의 사진가', 미국.
- 메인 주 사진워크숍 선정 '올해의 사진가', 미국.
- 올리비에 르보 상, 오버시즈 프레스 클럽, 미국.
- 개발지원보도기자상, 독일사진협회, 독일.
- 빌라 메디시스 오르 레뮈르 상, 프랑스 외무부.

1988
- 에리히 살로몬 상, 독일.
- 스페인 국왕상, 스페인.
- 국제사진센터 선정 '올해의 사진가', 미국.
- 아트디렉터클럽 상, 미국.

1989
- 그동안의 전작全作에 대한 에르나 빅토르 하셀블라드 상, 스웨덴.
- 요세프 수덱 공로상, 체코슬로바키아.

1990
- 사진집 『불확실한 은총An Uncertain Grace』으로 메인 주 사진워크숍 상 수상, 미국.
- 비자 도르 상, 페르피냥 국제 포로 르포르타주 페스티벌, 프랑스.

1991
- '커먼 웰스' 상, 매스커뮤니케이션 부문, 미국.
- 파리 시 대상, 프랑스.
- 아트디렉터클럽 금상, 미국.

1992
- 미국예술과학아카데미 명예 회원으로 추대, 미국.
- 오스카 바르낙 상, 독일.
- 아트디렉터클럽 상, 독일.

1993
- 사진집 『인간의 손』으로 아를 국제교류센터 상 수상, 프랑스.
- 그동안의 전작全作에 대한 '마치 도르' 트로피 수상, 프랑스.
- 사진집 『인간의 손』으로 '세계 기아의 해' 해리 채핀 미디어 상 포토저널리즘 부문 수상, 미국.

1994
- 사진집 『인간의 손』으로 국제사진센터 출판상 수상, 미국.
- 영국왕립사진협회의 센터너리 메달 수상과 명예 회원으로 추대, 영국.

- PMDA(미국 포토이미징 제조공급사협회) 선정 '올해의 전문사진가', 미국.
- 프랑스 불어권문화부 국민대상, 프랑스.
- 신문디자인협회 우수상과 은상, 미국.

1995
- 아트디렉터클럽 은메달, 미국.
- 아트디렉터클럽 은메달, 독일.

1996
- 오버시즈 프레스 클럽 우수표창, 미국.
- 아트디렉터클럽 표창, 독일.

1997
- 사진 부문 국가 표창, 문화부 산하 시각예술센터Funarte, 브라질.
- '땅을 위한 투쟁에서 농업 개혁에 공헌한 인물상', MST, 브라질.

1998
- 아트디렉터클럽 은메달, 독일.
- 알프레드 아이젠슈테트 '라이프 레전드' 상, 『라이프』지, 미국.
- 사진집 『테하』로 자부티 상 르포르타주 부분 수상, 브라질.
- 프린시페 데 아스투리아스 예술상, 스페인.

1999
- 알프레드 아이젠슈테트 상 잡지 사진 부문/우리가 사는 방식, 미국.
- 유네스코 상, 문화 부문, 브라질.

2000
- 이탈리아공화국 대통령상, 피오 만주 연구센터, 이탈리아.

2001
- 에부라 대학 명예박사 학위, 에부라, 포르투갈.
- 뉴스쿨대학교 명예미술학박사 학위, 뉴욕, 미국.
- 보스턴 아트 인스티튜트, 레슬리 대학교 명예미술학박사 학위, 미국.
- 무리퀴 상, 대서양 삼림 생물권 보존을 위한 국가위원회, 브라질.

- 유니세프 친선 대사.
- '아유다 엔 악시온' 상, 아유다 엔 악시온(NGO 단체), 스페인.

2002
- 노팅엄 대학 명예문학박사 학위, 영국.
- '소아마비와의 마지막 싸움'으로 아트디렉터클럽 81주년 공로상 수상, 미국.

2003
- 일본사진협회 국제 부문상, 일본.

2004
- 리우 브랑쿠 훈장, 브라질.

2005
- 뉴욕 내셔널아트클럽 사진 부문 금메달, 미국.

2007
- 미카엘 호르바흐 슈티프퉁 상, 독일.

2008
- 글로부 방송국 '파스 디페렌사' 상, 리우데자네이루, 브라질.

2010
- 미국사회학회 '사회적 이슈 보도 우수상', 미국.
- NANPA(북미자연사진협회) 평생공로상, 미국
- 국제기구 '세이브 더 칠드런' 상, 마드리드, 스페인.
- 알타니 상 사진 부문 명예금장, 도하, 카타르.

세바스치앙 살가두의 작업, 전시회, 책, 카탈로그, 필모그래피, 강연 등에 대해서 좀 더 자세히 알고 싶은 독자는 공식 웹사이트를 참조하시오.
www.amazonasimages.com

옮긴이 **이세진**

서울에서 태어나 서강대학교와 같은 학교 대학원에서 철학과 프랑스문학을 공부했다. 프랑
스 랭스 대학교에서 공부했으며, 현재 전문번역가로 일하고 있다. 「고대 철학이란 무엇인가」,
「돌아온 꼬마 니콜라」, 「브뤼노 라투르의 과학인문학 편지」외 다수의 책을 우리말로 옮겼다.

세바스치앙 살가두, 나의 땅에서 온 지구로

2쇄 발행 2016년 3월 5일 **지은이** 세바스치앙 살가두, 이자벨 프랑크 **옮긴이** 이세진
발행인 도영 **편집 및 교정교열** 김미숙 **마케팅** 김영란 **디자인** 신병근 **발행처** 솔빛길
등록 2012-000052 **주소** 서울시 마포구 동교로 142, 5층(서교동)
전화 02)909-5517 **팩스** 0505)300-9348 **E-mail** anemone70@hanmail.net
값 13,000원 **ISBN** 978-89-98120-11-5 03860